紅燭嫁衣許芳心

顧晚晴

普通可愛的現代女孩兒，
穿越到人人唾棄的驕縱大小姐身上，
身懷異能，以平常心面對各方面的打擊與困難，
以異能取得「天醫」身分，最終重獲親情也得到愛情。

袁授

自幼與家人失散的王爺世子。獸獸的時候很單純可愛，
回歸到鎮北王身邊後因受到殘酷的生存調教而變得冷酷，
認為世間一切都可為之所用，包括感情，
但心裡最深處仍然眷戀著最初時的那分純淨。
外表明朗如陽，內心深沉冷厲。

目錄

第一百一十一章
【決定】

從成為世子側妃那日起，顧晚晴就忙了起來，每天都有人來與她聊天逗悶，要不就是請她看病。女人看的大多是一些難以啟齒之症，一來二去的，有幾個妯娌與顧晚晴的關係因此要好了起來，其中和她私交最好的莫過於大夫人金氏，她那豪爽的性格也最讓顧晚晴喜歡。

日子過得雖然忙碌卻也挺充實的，但顧晚晴心裡總覺得不踏實，不為別的，就因為自成親後，袁授便又跟著鎮北王進宮去，而她已經整整一個月沒見過他的人影了。

「聽說聶賊的餘黨已經找到了，但拒死不降，王爺擔心聶賊會對皇上不利，所以只圍不剿。」金氏一邊縫著衣裳，一邊與顧晚晴閒聊著。「聽大爺說，這寒冬臘月的想打仗也打不了，怎麼也得等到明年開春，不過南邊那邊還不能放鬆警戒，所以世子才這麼忙，看來這個冬天註定是消停不了了。」

一整個冬天嗎？聽完金氏的話，顧晚晴有些出神，這是不是代表這場紛爭在明天春天就會落幕，一切就會有結局了？

恍神的工夫，金氏已放下了手中的線活，坐到顧晚晴身邊來，伸出手，「妳再幫我看看，我那體寒的毛病好了沒有？」

顧晚晴失笑，並沒有幫她把脈，卻是輕打了她的手一下。「哪這麼快？妳這體寒之症是自小落下的毛病，小時候不注意愛吃冷食，受了涼也不當回事，現在報應可都找來了。」

金氏訕訕一笑，「那時我隨著父母在北方駐防，成天在外頭野慣了。北邊的冬天可比京城冷，不過那時候我還小，玩起來什麼也不顧了。」

「所以妳別太著急，這才幾天？」顧晚晴擺弄著金氏縫了一半的衣服。

「我昨天看了小廚房為妳準備的膳食，水果太多，肉食也少，這都會加重妳體內寒氣的沉積。另外，妳閒來無事的時候不要總坐在屋裡，經常坐著會使腰腹血脈不通，導致痛經，臉上又會長斑；而氣血不順，容易手腳冰涼，慢慢的體質自然就寒了。平時就要注意多用熱水泡腳，用益母草泡水來喝，也可以用桃花泡酒喝，常吃核桃肉補充血氣，慢慢的就調理好了。過幾天我再為妳施針，好好過完這個冬天，明年開春後就可以準備受孕了。」

金氏臉上一紅，說實話她心裡對這件事還是很著急。她嫁過來已經六年，一直都沒有懷上子嗣，最初跟著大公子的兩房妾室都已有子女，這讓她怎能不著急？這兩年雖然也有找大夫來看過，但都說是氣虛體寒。自家男人不是什麼體貼入微的人，她自己又大大剌剌，那些禁忌都堅持沒兩天就放下，等想起來要重頭再來，斷斷續續效果也不太好，以至於一直沒有喜訊傳來。

金氏神神秘秘的小聲說道：「哎，我從老二媳婦那裡得到了一個美容佳品，用起來挺有效果的，妳也試試看？」

女人都是愛美的，顧晚晴當然也不例外。

「說來聽聽？」

金氏笑道：「也不是什麼稀罕物，就是蘆薈，生服了幾日我覺得整個人都暢快起來，臉色也好了不少。妳看看我的皮膚是不是水潤多了？」

顧晚晴無須上前察看也能看得出金氏氣色的確好了不少，她嘆了一聲：「蘆薈是好東西，但不是人人都能用的，也不可常用，尤其是妳竟然用來生服，妳還想不想要孩子？」

金氏嚇了一跳，「怎麼？難道它還能避胎不成？」

「不是。」顧晚晴耐著性子說道：「蘆薈性涼，消炎解毒效果極佳，外用甚至可治燙傷，妳說它生性該有多涼？就連正常體質的人都不應多服用，妳這氣虛體寒的還敢吃它？」

金氏捂著肚子半天沒說出話來，好一會才急道：「那怎麼辦？我都已經吃六、七天了。」

她這風急雨急的脾氣也讓顧晚晴感覺挺無奈，「亡羊補牢，猶未晚矣。以後不要隨便聽誰說什麼就亂吃，同一種東西也會因為個人體質不同而產生不同的作用，對別人好未必對妳也好。」

金氏連連點頭，「以後我要吃什麼之前都先來問過妳。」

顧晚晴輕笑，金氏這脾氣肯定轉頭就忘了，以後還是得由她多問著點才行。

金氏天生就是心眼大，這事說過就算了，並不那麼憂心忡忡，轉念間又起了新的心思：「不如咱們進宮去看看世子和大爺吧？世子半月未歸，我們家大爺也有一陣子沒回來了。」

顧晚晴想了想，又看金氏正興頭上，便點頭同意了。

其實現在住在鎮北王府裡的人並不多，鎮北王、王妃與兩個側妃在世子成親後重新回到了宮中，鎮北王的幾個公子也都各自帶著家眷就近住在宮中。說白了，還留在王府中的要嘛是身分太低，要嘛是不受寵。

金氏與大公子的感情還不錯，只是受不了宮裡沉悶的氣氛，所以並沒有同住。

不過住在外頭也有一個好處，那就是不受拘束。尤其是能說得上話的人都在宮裡，想要去哪直接向代管王府的金氏說一聲就行，讓顧晚晴也免了許多麻煩。

這段時間顧晚晴雖沒見到袁授，但自己的那些雜事處理了不少，還能時常出府去與葉氏夫婦團聚，日子過得還算舒心。只是日子越舒心她就越有依賴感，時間久了就覺得這樣也不錯，以前一直想離開，不過是想躲開這些紛爭，可事實上現在的日子也很平靜。

與金氏各自著裝完畢後，她們便一同乘車入宮，作為鎮北王的直系親眷，這點權利還是有的。

她們的馬車是由貞華門駛進去，金氏身上帶著鎮北王的腰牌，故而並未受到刁難，只不過那守門的禁軍交還腰牌時特地看了顧晚晴一眼。

顧晚晴起先並沒太理會他，待車簾重新垂下之後才愣了愣，剛剛那禁軍……她叫停了馬車，從車窗探頭看出去，正好與那禁軍視線對個正著。那禁軍似乎在等她停下，他翻手亮出手中一物，竟是一個碎了又拼合好的鐲子！

顧晚晴怎會不認得那個鐲子？她就是用那個鐲子要脅顧明珠，後來在出嫁前夕將這鐲子送去顧明珠那裡，希望她不要忘了自己的承諾，但鐲子為何會在這禁軍手上？

顧晚晴會留意到這個禁軍，也是因為他太過於眼熟。似乎早在四年前她第一次隨顧明珠和顧長德入宮，便是這個禁軍守在這裡，此後每次由貞華門入宮都是他守在這，沒想到時過境遷，他竟然仍在這裡。

他與顧明珠相識嗎？他拿那鐲子來，是因為顧明珠等不到欒姨娘，所以來催促她嗎？顧晚晴不由得想到以前無數次入宮時，他的目光都曾在自己身上停留，對顧明珠卻視而不見，現在想想，正是視而不見才反常。

從車窗縮回身子，顧晚晴示意馬車繼續前行。金氏也探頭出車窗看了看，卻沒看出什麼門道，轉頭回來詢問顧晚晴是否有什麼問題，顧晚晴隨便找了個話題帶過去。

她絕不會現在就把欒姨娘還給顧明珠的！

雖然顧明珠也算是完成了承諾，但誰不知道她在打擦邊球！雖然她沒嫁給袁授，但不代表她以後都不能嫁，她現在不過是「帶髮修行」。若就這樣把欒姨娘還回去，讓顧明珠沒有後顧之憂，坐以待斃的等著她來報復嗎？顧晚晴還沒這麼傻。

況且，顧明珠對顧家而言也是一個危險的存在。她能出賣顧家的一處秘地，便能出賣兩處、三處，到時失去了秘典的顧家將不再有獨特的存在價值，分崩離析是早晚的事。

看來還是得加緊速度說服顧長生接手天醫之位才好。上次顧晚晴回門時宣布了由顧天生代理顧家家主一位之事，顧懷德自然不服。但顧晚晴是天醫，加上又有長老團與顧天生背後族人們的大力支持，所以事情就這麼定下了。

隨後，顧晚晴又單獨約見了顧長生，與他說了自己的打算，意圖讓他接下天醫之位。可顧長生拒絕接手，表面上是說大長老與顧長德不在，就算是天醫也無權決定這等重大之事；實際上顧晚晴明白，他始終沒放棄離開顧家的希望。之前不走是因為不想在顧家最困難之時背離，但他是真的想帶周氏一起走。

這種情況下，顧晚晴更不能透露自己想交出天醫之位的想法，否則顧長生拒絕接手，那麼合適的人選只有顧明珠。她是絕對不容許顧明珠來做天醫，所以最好能接大長老與顧長德回京，那麼她身上的重任，就可以卸下了。

不過眼下看來，想接回大長老和顧長德哪有那麼容易？聶伯光一黨被圍，他們定然也在包圍圈裡，還有沒有命在都是未知數。

顧晚晴一邊想，一邊跟著金氏前進。既然進了宮，她們肯定要先去拜會王妃。

到了王妃寢宮後，沒想到是一副闔家歡樂的場面。

王妃、兩位側妃、袁授全都在場，此外又有兩個顧晚晴沒有見過的年輕姑娘，都是十七、八歲的年紀，生得嬌豔如花，分左右坐在王妃身側，左邊那個模樣更搶眼的正小聲與王妃說著話，只是王妃低頭垂目，也不曉得聽沒聽進去。

跟著金氏拜會過了眾人後，劉側妃指著王妃右側的姑娘替顧晚晴介紹道：「妳還沒見過吧？這位是……」

話才說到這，坐著的袁授驀然站起，朝著王妃漠然道：「母妃，我與顧側妃有事相商，告退。」

他這麼冷言冷語的態度，讓顧晚晴有點不大習慣，但看看別人顯然都已經習慣了他的態度，當下顧晚晴便欠身與王妃拜別，不過臨行前又特別朝那兩個姑娘多看了兩眼，見她們也回望著自己，目光中都帶著探究之意。

顧晚晴跟著袁授出了王妃寢宮，一路朝順安門而去，那裡通往太子東宮。鎮北王雖沒住紫宵宮，卻安排袁授住在東宮，這其中含義無須多說，大家也都心知肚明。

這一路上袁授走得極快，顧晚晴幾乎得小跑步才能追得上他。直到進了東宮的範圍，他的腳步才稍緩，悶著聲說道：「那兩個人，一個是七王妃的姪女，另一個是七王妃姪女的表妹。」

顧晚晴呆愣了一下，原來其中一人是他未來的世子妃。

顧晚晴本以為自己不會在意，可在袁授說完了之後，他們之間的氣氛莫名的沉重了起來，直到袁授再次開口：「我不娶她。」

顧晚晴抬眼，見袁授面色平靜如常，眼中卻帶著不容置疑的決心。

「我不會娶她，我說過只娶妳。」

不知為什麼，明知這句話會實現的可能性有多小，可顧晚晴心裡仍覺得暖暖的，不由自主的就泛出一抹笑容。

袁授見她笑了，自己也跟著笑，又轉了話題：「我跟父王請纓南下救駕，父王已經准了。」

顧晚晴皺了皺眉，「不是說現在只圍不打嗎？怎麼還要去？」

袁授看了她半晌，突然像她以往對他那樣，抬手揉了揉她的頭髮，揚眉笑道：「妳就不想去找找隨駕南下的那兩個老頭兒？沒有他們，妳怎麼自由？」

第一百一十二章

【同行】

顧晚晴呆愣了一下猛然反應過來，驚喜道：「你要帶我一起去？」

袁授故意板著臉點點頭，「物盡其用，妳也不是白去的。南方冬天濕寒，許多將士都因為不適應這氣候而生了病。我此次前去主要是為了安撫軍心，又已稟明父王，要妳帶一批大夫過去幫他們度過這個冬天。」

聽到這個消息，顧晚晴真是太高興了！

自她穿越來這裡後，還沒有離開過京城的範圍，離得最遠的是那次逃亡，可她還沒逃到一半就被逮捕了。

「我們什麼時候走？」

「就這幾天吧。」袁授盯著她的笑臉，眼底的疲憊終是消減了些。「妳得趕快回去收拾東西，再回顧家選二十名大夫，另有二十名太醫與我們同行。」

顧晚晴連忙點頭，拎著裙子就往院子外頭跑。跑沒兩步她又停下，稍一猶豫之時，袁授已然又道：「放心，他們跟妳一起去。」

顧晚晴眼睛一亮，心裡似乎也亮了一下，她到底還有什麼事能瞞得了他？一個小小的心思，都已被他提早打算好了。

袁授的意思是讓顧晚晴先回王府去，可都已經進了宮，怎能不與王妃辭別？於是顧晚晴懷著萬分雀躍的心情回了王妃寢殿，誰知正殿內的人不但沒少反而還多了，顧晚晴認得與王妃分座正位的那個年逾花甲的貴婦，正是七王妃。

顧晚晴進殿後又是各方拜見了一圈，抬頭之時便見七王妃目不轉睛的盯著她，目光中充滿審閱的意味。七王妃年事雖高，但精氣神各方面都是足的，氣勢也很凌厲，被她這麼盯著，顧晚晴也覺得有點不太自在。

這時劉側妃終於找到機會介紹那兩個姑娘，臉蛋稍圓的便是七王妃的姪女，未來的世子妃劉思玉，另一個鵝蛋臉、極其俏麗的姑娘是劉思玉的表妹，林婉。

劉思玉對顧晚晴很客氣，微微頷首示意；林婉則視若無睹，又轉回頭自顧自的捶著七王妃肩頭，撒嬌的道：「七姑奶奶也讓我去吧？我長這麼大，還從來沒去過南方。」

聞言，顧晚晴的眉梢動了動。南方？

七王妃臉上帶著笑，假意訓道：「妳當這趟去是好玩的嗎？這是去打仗，一不小心，妳小命難保。」

林婉立刻走到七王妃身前，蹲下身子仰頭看著七王妃，「世子不是也去嗎？」

七王妃「嘖」了一聲，劉側妃適時的配以輕笑。

林婉臉上一紅，連忙解釋道：「我的意思是說連世子這麼重要的人都能去，我又有什麼不能去的？王爺既然能派人保護世子，那我就躲在世子身後，只占一點點地方就好。」說著她捏起手指，示意真的是「一點點」。

她的話引得七王妃開懷不已，抬起手指點了點她的額頭，說道：「妳就會瞎起鬨，這事王爺是不會答應的，再說妳還得在京城陪妳姐姐，將來她嫁入王府，妳們再想見面就沒這麼容易了。」

林婉的目光投向劉思玉，隱含哀求之色。

劉思玉略想了想，轉頭向王妃道：「軍中是否有不許女眷同行的規矩？」

王妃淡淡的道：「的確是有這個軍規。」

劉側妃適時的道：「不過世子此次前去乃是撫軍。如果王爺同意，妳們隨行也不是沒有可能。」

聽了這話，林婉高興的跳了起來，拍著手道：「太好了，姐姐，我們馬上去求王爺吧。」而後她又拉著七王妃的手，「七姑奶奶，您也得為我說話才行。」

七王妃拍拍林婉的手，示意她先坐下，然後又與劉思玉道：「如果妳們要去，就讓妳大哥跟著，這樣我也放心。」

劉思玉輕輕點頭，林婉在一旁拍著手，顯得極為開心。

從頭看到尾，顧晚晴心生感慨。

生活在這樣的環境裡，真是一刻也疏忽不得。七王妃倒是會藉勢，藉著林婉的話題，一步步的把劉思玉的大哥安排到撫軍中。此次隨行南下，顧晚晴可不相信那位大哥只是單純的保護兩個妹妹，而沒有其他目的。

七王妃從頭至尾也沒有與她這個同樣要隨行的「世子側妃」說話，也說明了七王妃根本不將她放在眼中，或者說對她頗為不滿。

也是，當初是被七王妃發現姦情的，自己的姪女都還沒過門前就有了對手，她怎能不氣惱？再者，當初那件事最後被認定為有人陷害，那人定是極恨了鎮北王，所以才會布下這個局，若是讓外人發現已內定好的王爺側妃與世子有了肌膚之親，這對鎮北王的威信將是個極重的打擊。好在，發現的人是七王妃，算得上是自己人，這才保全了鎮北王的顏面。

這件事雖已過去兩個月了，但鎮北王並未放棄追查，對於這個隱於暗處居心叵測的「陷害者」，鎮北王是不殺不快的。

與眾人又聚了一會，顧晚晴便向王妃請辭，金氏與她一同離開，只是金氏今日不回王府，要去大公子處留宿。

同行一路，金氏愁眉不展，「才慶幸有妳可以幫我調理身子，但過陣子妳就要走了，我可怎麼辦呢？」

顧晚晴笑著拉過她的手，安撫道：「怕什麼？我會常常寫信回來督促妳的，臨走前我幫妳開一張食譜，妳就不要再亂吃東西了，有什麼不明白的就寫信給我，反正最晚開春我也能回來了。」

金氏抬手伸了伸懶腰，苦著臉道：「也只能如此了，我也不能攔著妳和世子相聚不是？不過妳得小心那個林婉，看她的樣子，也盯著側妃的位置呢。」

「我曉得。」顧晚晴重新抓回金氏的手。

只要眼睛沒瞎，都看得出林婉對袁授是另眼相看的，而劉思玉則恰恰相反，溫順恬靜，一副與世無爭的樣子。

「哎？」金氏突然捏了捏顧晚晴的手，「妳的手好暖啊，被妳拉著可真舒服，我感覺身子都暖了似的。」

顧晚晴笑著鬆了手，金氏又瞄到她手心裡的紅痣，拉過來又是看了半天，直說這是有福氣的象徵。

顧晚晴卻在心底嘆了一聲：什麼有福氣，簡直是天大的麻煩！她當初怎麼就穿到了顧還珠身上？怎麼就不穿到顧明珠身上呢？如果沒有手心裡的這對紅痣，她可能早就自由了，不會被趕出顧家，也不會在離開顧家後仍被大長老暗中計算，更不會因為急於拿回天醫玉而向顧長德自首。如此，顧長德也就不會想利用她去穩住天醫的根基，大長老不會有設計她入長老閣的意圖，她也不會為了逃離成為長老孤苦一生的命運而去爭這個天醫來做。她不做天醫，就不會傷害到傅時秋，也不涉及到現在如何卸去天醫一職的麻煩了。

成為天醫的那段時間裡，顧晚晴的確醉心於醫學之道，可對於未來卻沒有多少期盼。她成為天醫，雖然不必像長老那樣終身孤苦，但仍是不能隨意的嫁給中意之人，只能招婿入贅，這實在是個苛責的條件。

如果不是這樣，她想她早應該與傅時秋在一起了。

再仔細想想，事情走到今天，她實在是應該感謝鎮北王的。沒有他的強硬態度放下話來要娶她，顧家是絕不會放她隨便嫁人的。現在顧家雖有不滿，但家主不在，大長老也不在，天醫又被軟禁在宮中，群龍無首，所以就算顧家有再多意見，也難以凝聚起一股反抗力量，最終默認了破除祖訓，同意天醫出嫁。

如今她已嫁作人婦，嚴格說起來已不算是顧家的人，便不能繼續擔任天醫，需要另選賢能交任天醫一職；而她卸任天醫後，顧家也管不著她了，到時候她想走就走，想跳就跳，算是徹底的自由了。

所以說，基本上她是該感謝鎮北王的，還應該感謝當初放出「得天醫者得天下」這句流言的人，她相信，如果沒有這句流言，就算鎮北王再怎麼不甘心，也未必能下定決心娶她過門。

長長的舒了口氣，顧晚晴在御花園和金氏分別，而後乘車出宮，返回鎮北王府。

出宮時，顧晚晴並沒再遇到那個禁軍，不過這也讓顧晚晴對樂姨娘的事心生警惕。她控制顧明珠的唯一籌碼就是樂姨娘，而樂姨娘現在被關在京城的一處深宅內，由袁授的幾個心腹看著。

這幾個人確定可以相信，但畢竟她要離開京城數月之久，如果在這段期間內發生了什麼意外，總得讓他們能找到人商量才好，不然萬一被顧明珠探得消息，說不定她有辦法把樂姨娘救出去，到時候同樣的錯誤顧明珠肯定不會再犯一次。

思量再三，顧晚晴臨行前又去找了一次顧長生，把樂姨娘託付予他，一旦有意外發生，他也好臨時指示。

顧晚晴的意思是，叛族之過絕不能輕饒，既然顧明珠不願意走，那就等大長老和顧長德回來後讓他們處置她。

顧長生面無表情。聽完她的話，他輕哼一聲：「哪來那麼多麻煩？直接讓她入長老閣便是了。」

顧晚晴默然。

這想法她不是沒有過，但她總是做不到那麼狠，讓顧明珠入長老閣，那她這輩子便只能在那裡度過了。

最終，顧晚晴還是堅持了自己的想法，一切都等顧長德與大長老回來再說，顧明珠叛族一事也暫時不予公開，繼續讓她在水月庵作她的仙姑吧。

又過幾日，顧晚晴將一切打點妥當，也終於到了出發的時候。

此次袁授南下撫軍，不僅帶去大批的冬衣、軍糧，還帶了一批良醫，力保將士們儘快適應南方的冬天，同時袁授又安排了一批將士暗中隨行。

袁授這些舉動讓顧晚晴覺得，這次的目的似乎不僅僅是撫軍這麼簡單。

而劉思玉與林婉果然說動了鎮北王，出發時她們赫然在列。顧晚晴坐在馬車內自車窗看著林婉遠遠投來的不善目光，她還沒出發就開始頭疼了，怎麼，「情敵」要出招了嗎？

顧晚晴頗為無奈的放下車簾，對著以嬤嬤身分同行的葉顧氏長嘆了口氣。

葉顧氏卻有點恍神，愣了半天，又掀開窗簾朝外看了看，邊看邊說：「晚晴，傅公子……不是早就離京了嗎？」

第一百一十三章

【敵視】

聽了葉顧氏的話，顧晚晴想也沒想便探出車窗看去，可一眼望去盡是一些穿著同樣兵服的相同背影，哪看得出什麼？就又連忙問道：「娘妳看到他了？」

葉顧氏怔了怔，「我也不太肯定，遠遠的瞧著有個人像是傅公子……這會又瞧不見了。」

顧晚晴又仔仔細細的將周圍隨行軍士看了個遍，並未見到什麼熟悉的面孔，又想到袁授手下那個與傅時秋十分相像、連鎮北王都認錯了的心腹，當即搖了搖頭。大概是看錯了，因為傅時秋絕不會替挾持了泰安帝的聶伯光做事，所以他根本沒有理由出現在京城。

葉顧氏卻還想著這事，問顧晚晴道：「要是我真的看到了傅公子，該怎麼辦？」

顧晚晴想了想，回道：「如果是真的，先不要聲張，儘快通知我。」

葉顧氏點了點頭，又轉了個話題。

在她們說話的工夫，隊伍已經啟程了。顧晚晴這個天醫是有任務在身的，算是所有大夫的領導者，所以待遇十分優厚，乘坐的是八乘的大型馬車。車內的空間很大，像一個小房間，內部用品一應俱全，車下又裝有夾層，在外即可換取炭爐，整個車廂被爐子燻得暖洋洋的，沒一會顧晚晴就昏昏欲睡了。

約莫過了一個多時辰，就在顧晚晴差點睡著時，厚重的車簾被人由外掀開，一些細碎的雪花從縫隙中飄了進來。顧晚晴當即坐起身子，「下雪了？」

剛鑽進來的袁授「嗯」了一聲，從大氅中拎出一個布袋遞給葉顧氏。「父王賞的嶺南柑橘，乾娘妳嚐嚐看。」

葉顧氏接過布袋又連連擺手，「現在可不行這麼叫。以前不知你的身分所以才有這個想法，但也沒來得及正式認親，現在更不敢有這個想法了。」

袁授笑了笑，「我也就是叫著順口。」說著他瞥了眼忙著剝橘子的顧晚晴，「沒正式認親才好，要是正式認了倒麻煩。」

葉顧氏聽出這弦外之音，抿著嘴笑，又看了一眼顧晚晴一心只跟橘子奮戰的模樣，難免有些無奈，起身說道：「你們聊，我下去透透氣。」

袁授抬手虛壓了一下，身子已然動了起來，說道：「還是我走吧，剩我們兩個的話，她更是只顧著吃了。」

他說完便緊了緊大氅，轉身下了車。

顧晚晴這才抬頭，看著車簾愣了一會，才扭著身子和葉顧氏說道：「我怎麼覺得他有點不對勁？」好像神情、語氣、態度都比在京城時輕鬆不少。

「妳才不對勁！」葉顧氏橫了她一眼。「他對妳的心思一早就擺得明明白白了，就妳，偏偏還假裝不知道。」

顧晚晴轉過頭去掰了瓣橘子吃，甜得沁心。

誰假裝不知道了？只不過是不知該怎麼回應。

又不像是對傅時秋，似乎無論何時都是愧疚占了更多的成分；可對於袁授，顧晚晴一直處於理不清的狀態，要是硬要她說，她以前是把袁授當弟弟或者是自己的所有物，現在雖然他長大了，但這感覺卻是延續了下來，要轉變也不是那麼容易的事。

看著她迴避的態度，葉顧氏嘆了一聲，「世子最初是拒過婚的。」

顧晚晴愣了下，抬頭看著她。

葉顧氏也回望過來，「就是五小姐，世子說動了王妃，他不想娶五小姐過門。」

「那為何……」顧晚晴沒太明白，如果袁授已經說服了王妃，而顧明珠又不是一個強強聯合的豪門之女，那麼由王妃出面向王爺推掉顧明珠這樁婚事的成功率很大。

「是因為妳和世子那場戲過後，世子答應了王爺要妳和五小姐一同過門。換句話說，不娶五小姐，也就不能娶妳。」葉顧氏長長的「唉」了一聲。「其實當初世子與我們說要娶妳作貴妾，我跟妳爹都有點不是滋味，我們的女兒哪就那麼差，居然要給人作妾？可我們後來才知道，世子他當真是盡力了，也就不再責怪他了。」

葉顧氏說得感慨，顧晚晴連出了半晌的神，原來……他說他沒辦法了，是因為這個原因嗎？

想著想著，顧晚晴又覺得不對，奇道：「這些事妳是怎麼知道的？他告訴妳的？」

葉顧氏搖搖頭，「妳還記不記得妳頭一回過府去，世子為妳準備了那麼多嫁妝？那次妳走後，世子就命人把嫁妝都撤了，是過來收點物品的一個嬤嬤對我說的，還要我勸勸妳，戲假，但情真，世子為了妳，當真什麼不願意的事都做了。」

聽完這番話，顧晚晴久久沒有言語，手裡捏著的一瓣橘子也忘了吃。

她一直忘不了出嫁之前袁授來找她，對她說一切都已打點妥當，要她連夜離京那件事。她無法想像如果當初她真的一走了之，他要面對的將是一個怎樣的爛攤子，其實他可以什麼都不做的，但偏偏願意的、不願意的，他統統都做了。

「其實這些話我早就想跟妳說，但妳爹說感情的事不能勉強，不能因為他為妳付出許多，妳就一定要回報他。我想想也覺得有理，可今天還是沒忍住……」

說到這，葉顧氏又塞了個橘子到顧晚晴手裡。

「反正我是丈母娘看女婿，越看他越順眼。妳如果心裡沒人的話，那就真的嫁給他，和和美美的過一輩子，又有何不可？」

有何不可？葉顧氏問出這話的時候，顧晚晴也跟著問了自己一句，到底……有何不可呢？

正想著，馬車輕晃了幾下，緩緩停住。

葉顧氏朝外頭問了問，才知道已經到了中午，全體原地休息吃乾糧。大夫團隊優待，除了乾糧外還有熱粥、雞蛋供應，在這天寒地凍的時節，已非常讓人羨慕了。

顧晚晴和葉顧氏也分到了自己的熱粥、雞蛋、饅頭，隨之送來的還有一盤滷牛肉、一盤金絲糕和一壺玫瑰酒。

顧晚晴平日裡是不喝酒的，但聞著這酒的味道十分清香，酒精味也不重，便倒了兩杯給自己和葉顧氏，娘兒倆喝了一口，都覺得這酒十分爽口，於是配著滷肉喝酒，倒也吃得開心。

大概喝了三、四杯之後，顧晚晴覺得臉上隱隱發燙，知道自己酒量到了，便擺手示意不喝了；葉顧氏倒是有些酒量，但想著照顧女兒，也就罷手不喝。

這時突然聽外頭傳來一聲嬌叱：「滾開！」

跟著車簾由外被掀開，一個明媚的鵝黃色身影現於簾外，繼而傳來一聲輕哼：「姐姐，我早說了妳還不信，妳來聞聞，這滿車的酒味。憑什麼我們吃白粥、饅頭，她就有酒有肉的？」

說話的正是死活也要跟來的林婉。

顧晚晴原本不曉得自己是享受特權的，還以為這是對女眷的特殊照顧。如果來的是別人，她或許還會不好意思一下，可來的是林婉，那就也沒有什麼不好意思的了。她喝了點酒本就不太想動彈，現在更是一點起身的想法都沒有，替自己找了個舒服的位置倚著，閉上眼睛裝睡。

葉顧氏看到顧晚晴的態度也就不多說話，把食盒收拾妥當後就站到一邊沉默不語。

林婉此時已走進車廂之中，環顧一周後臉色更差。她回頭一看劉思玉並沒有跟上來，跺了下腳又返回去，硬是扯了劉思玉上車，指著周圍擺設，怒氣難平的道：「就是王爺出行也沒有這麼大的架式，姐姐妳看她……」這一說，才發覺顧晚晴根本沒起來，當下更為惱怒，上前兩步，抬腳就往顧晚晴身上踢去。

葉顧氏驚呼一聲拽了她一把，反而被她帶得一個趔趄險些摔倒。林婉穩住了身子，回身就是一巴掌，可在她打到葉顧氏之前，冷不防又被人從腰下狠推了一下，這回避無可避，結結實實的摔了一跤，整個馬車都跟著顫了半天。

顧晚晴甩了甩手坐直身子，像是才發現她們似的萬分驚訝，「這是幹嘛呢？知道我這暖和，也不用趴得這麼難看啊！」

林婉這一下摔得不輕，也摔得極為忿怒，跳起來顧不上整理儀表就朝顧晚晴衝去。

顧晚晴「呼」的站起猛喝一聲：「妳做什麼！」硬是把怒氣沖沖的林婉嚇了一跳。

顧晚晴心裡也滿是火氣，這可真是躺著也中槍！就憑著林婉對袁授有好感，惦記著側妃的位置，就能來找別人的麻煩？她還從沒聽過這麼不講道理的事！

此時劉思玉的臉上也頗有些掛不住，微蹙著眉頭低聲道：「婉兒，不要胡鬧。」

林婉頓時火了，「姐姐，她不過是個側妃，卻處處壓妳一頭，簡直就是瞧不起妳！」

劉思玉面現難色，一時間竟是不知說什麼才好了。顧晚晴看著都替她著急，有這麼個表妹，可真夠她受的。

這麼個工夫，車簾又被掀動，這次進來的人卻是袁授。

袁授寒著臉的樣子十分嚇人，連顧晚晴都不自覺的打了個冷顫。劉思玉低頭避過與他正式碰面，拉了一下林婉，說道：「我們走吧。」

林婉變臉功力十分強大，此時早已不見剛剛的怒火，反而是一副委屈至極的小女兒樣，挨到袁授身邊，無視他的冷臉抬起自己的手給他看，「姐夫，你這側妃好厲害，我來和她打個招呼，她就把我打傷了。」

袁授的目光移向顧晚晴，略一巡視。確定她毫髮無損後，他這才對著劉思玉冷聲道：「妳回去讓妳大哥給我個交代。」

劉思玉輕咬著下唇福了福身，又轉身朝顧晚晴欠了欠身，拉著林婉便要離開。

袁授突然又道：「婉兒留下，我有話說。」

顧晚晴正訝異於他親密的稱呼，又見林婉也是一副見了鬼的神情，心中不由得無語，直覺告訴她，有不妙的事情要發生了。

劉思玉雖然擔心林婉，但還是自己先走了。

袁授對揪著帕子的林婉稍稍放軟了聲音：「妳去西邊的樹林等我。這件事，我定然給妳個交代。」

林婉滿面的驚喜，甚至還不可思議的看了看顧晚晴，而後恍如置身夢中一般，輕飄飄的下了馬車。

袁授這才放緩了臉上的神情，走過來又仔細看了看顧晚晴，問道：「沒受傷吧？」

顧晚晴笑了笑，做了個強壯的姿勢，又好奇的問道：「你要怎麼給她交代？」

袁授輕哼，除去大氅後原地坐下，拿了個橘子扔給顧晚晴要她剝給他吃，竟不提這事了。顧晚晴簡直好奇死了，直到大約一刻鐘後，袁授才朝外頭稍提高了聲音道：「傳令下去，提前開拔。」

外頭立時有人應聲，顧晚晴直到馬車動起來後才反應過來：「你……把她扔那了啊？」

第一百一十四章

【請求】

袁授頭都沒抬，「那還怎麼著？留她過年？」

顧晚晴無語半晌，她怎麼覺得自從出了京城袁授就變了呢？變得更隨性，也更任性了。

葉顧氏憂心的說道：「這大冷的天，要是讓她凍壞了……」她當然不是在擔心林婉，而是怕將來這事追究起來，會連累了顧晚晴。

袁授這才招手示意葉顧氏坐下，「放心，一會劉造發現林婉不在，自然會去找她的。」說完又補了句：「劉造一直想娶林婉，只是林婉嫌她這表哥沒有出息，劉造這才另娶了旁人，但心思還是有的……哦！劉造就是劉思玉的大哥。」

顧晚晴聽完更加不知該說什麼才好……怎麼，這是在給劉造創造機會？

袁授顯然讀懂了顧晚晴的疑惑，彎著眼睛燦然一笑，「怎麼樣，我很不錯吧？」

顧晚晴吐血。當然，林婉應該更想吐血，或者正在吐血。

他一連串說了這麼一堆，葉顧氏也不知道聽沒聽明白，就跟著點頭，還頗有點自豪的意思，一直忍著的話順口就說了出來：「我們家阿獸還有什麼可說的？當然好得很了。」

「娘。」顧晚晴暗中搖頭，當初也不知道是誰反對他們交往過密，還偷偷說過她，要她離阿獸遠點。

「劉造和劉思玉跟到前線去做什麼？不會單純只是去看看這麼簡單吧？」既然袁授說沒問題，顧晚晴也沒那麼聖母要擔心林婉的安全，又挑了個話題重新開始。

袁授「嗯」了一聲，眼簾微微垂下。「還能做什麼？就是去督戰，他們要確保明年開春之前穩定大局。」

「那皇上呢？」顧晚晴問完就覺得自己問了個蠢問題。顯然袁授此次南下也不只為撫軍這麼簡單，之前他暗中調配的那些暗衛，肯定是擔負了特別任務的。也只有泰安帝駕崩，鎮北王順利登基，七王爺一脈與鎮北王達成的協定才會生效。

看著顧晚晴驟然沉默下去，袁授輕鬆的笑了笑，「放心，我會派人暗中打探顧家的人。」

顧晚晴點點頭，沒再說話了。

袁授坐了一會，直說車裡太舒服，怕坐久了不願意走，便與顧晚晴、葉顧氏告辭，再度離開。

他前腳才走，葉顧氏便忍不住問顧晚晴：「又怎麼了？」

「什麼怎麼了？」顧晚晴奇怪。

葉顧氏一副妳別瞞我的樣子，「妳和世子之間總是怪怪的，說著說著就沉默下來，然後他就走了，這又不是頭一回，妳真當我沒看見？」

「妳就別瞎操心了。」顧晚晴倚著軟墊拿了本書看，暫時避過葉顧氏的追問。

沉默什麼呢？

不得不說，袁授太瞭解她，任何事無須她開口他就能琢磨出來，有時這會讓人覺得無比貼心，可有時，又因為他對自己過分的瞭解而陷入某種奇異的僵持。

當馬車再度停下時，時間已過去了三個時辰，天色早已暗了。他們是等到實在無法再前進了，這才安營紮寨。

此次南下，大家各有各的目的，沿途一路從簡，顧晚晴有馬車可住已是很高級別的待遇了，一般兵士只能十人擠在一個氈帳裡，而那些氈帳，看起來比顧晚晴的馬車大不了多少。

這次休息沒人再來打攪她們了，不過坐了一天的車，顧晚晴實在坐不住了，就穿戴齊整下車，去找同行的大夫們。除去那些太醫，還有一半大夫來自顧家，他們的衣食住行，顧晚晴肯定是得多擔待些的。

從大夫們的行營回來，顧晚晴瞧見自己的馬車旁邊又停了兩乘規格稍小的馬車，應該是劉思玉和林婉的。因為都是女眷，所以紮營時都會被保護在營地的中心位置。

想要返回馬車上的時候，一陣馬蹄聲由遠至近。沒一會，寒著臉的袁授勒韁停馬，單手指著顧晚晴，「上馬。」

一如他往常對外表現的那樣，冷漠、寡情。

看著他臉上板得沒有一絲神情，顧晚晴就算有心理準備也險些精神錯亂，這感覺就像看到兩個不同人一樣。

沒問緣由，顧晚晴順從的走到馬前，袁授自馬上彎腰伸手來接她，顧晚晴差點沒笑噴……

喂喂，要酷就一酷到底好嗎？

最後，顧晚晴還是藉著袁授的拉力上了馬，坐在袁授身前。一句交代都沒有，袁授掉轉馬頭輕夾馬腹，兩人一馬便飛竄了出去。

「去哪啊？」眼看著出了行營，離光源越來越遠，顧晚晴不顧嗆風開口詢問，卻在下一秒整個人被包進身後的大氅中。

「別說話。」袁授乾脆把她的頭也蒙在大氅裡。

顧晚晴本就看不清什麼，眼前是一片漆黑。突然，她手中被塞進一團扭動著的、毛茸茸的溫熱之物，居然是活的！

顧晚晴驚呼一聲，條件反射的朝後一躲，可身後就是袁授的胸膛，她還能躲到哪去？偏偏袁授又抓了那東西直往她懷裡塞，直到她抱住那活物，袁授才把大氅掀開條縫隙，極為無奈的說道：「我都快喊破喉嚨了。妳沒聽見嗎？是兔子，兔子。」

顧晚晴把手裡的東西舉到眼前看了看，果然是隻兔子。

「嚇死我了……」顧晚晴身上一鬆，靠在他的胸膛上。緊跟著，她咬牙切齒的找人算帳：「你就不會早點說嗎？黑忽忽的塞給我這麼個東西……」

才說到這，顧晚晴便察覺手裡的兔子有些不對勁，兩條後腿都無力的耷拉著，爪子朝著的方向也很詭異。

「受傷了啊……」顧晚晴摸摸兔子的後腿處，又指揮袁授道：「停下，我看不清楚。」

袁授一手持韁一手護著她，「有地方替牠治傷，馬上就到了。」

說完這話沒多久，袁授就改了前進的方向，似乎是朝一處山腳而去，遠方也隱約見得到火光。

「到了。」

袁授接顧晚晴下了馬，把她帶往那處火光，顧晚晴這才看清，原來這裡是一個整潔的山洞。洞口看來四、五米寬，深約莫有三、四米，入口處點著火堆，山洞內備著一些乾枝，地上則鋪著厚厚的獸皮褥子，看起來十分溫暖。

「這裡有點熱吧？」袁授說著已經除去了自己的大氅，又鬆開了領口的頭兩個盤釦。他扭頭看看了顧晚晴，「妳也脫了吧。」

這……是要幹嘛？看著他修長的手指以優美的姿態撥開釦子，顧晚晴突然臉上一熱，再瞄著地上那足夠兩人躺下的獸皮褥子，結合這前不著村、後不著店的布景，又是夜黑風高孤男寡女的……心裡不自覺的就浮現出一些動作場面。

難道他要用強的？

顧晚晴一手還拎著瘸了腿的兔子，一手緊握住衣領的釦子，眼睛瞪得溜圓。

她剛想說段義正辭嚴的臺詞，便聽袁授繼續說道：「這附近也就這能來了，雖然什麼也看不見，但換換環境也比悶在營地好多了吧？」他說著，坐到獸皮褥上試了試，接著拍了拍旁邊的位置示意顧晚晴過來坐。

顧晚晴瞄了他半天，他已經悠然的蹺著腳倒在那歇著了，終於確定他沒有什麼別的意圖。想到自己剛才思想那麼不純潔，顧晚晴臉上不由得一紅，好在有火光映襯，看不太出來。

「你怎麼找到這的？」顧晚晴隔了兩個身位在他旁邊坐下，就著火光看那兔子的傷勢，明顯是被人折斷了腿。

「有探子，讓他們順便留意一下就行了。」

說著，袁授也有點鬱悶，「我是讓他們找風景好的或者舒服的地方，想著能帶妳出來散散心，結果第一天就給我丟臉，弄了這麼個破地方。」

看著他一臉鬱悶的模樣，顧晚晴失笑，「你假公濟私啊！不過這已經不錯了，勝在安靜。」說著，她一指那兔子，「這又哪來的？」

「來自伙頭軍。」袁授坐直身子探頭過來，「妳看牠，像不像我當初送妳的那隻？」

顧晚晴仔細看了看，「嗯……你送我的也是斷了腿的……」

顧晚晴小心的把兔子腿折斷處對好，然後覆上手去。沒一會，小兔子就活蹦亂跳了。

袁授卻在發呆，盯著顧晚晴的手看了好久，突然輕聲說道：「如果當初我們一直留在千雲山，說不定……」

這句話他沒有說完，卻引得顧晚晴也安靜下來，看向他，見他面上並無過多神情，似乎沉浸在一段回憶之中。

最先回過神的是袁授，他勾了勾脣角，再開口又轉了話題：「妳在擔心他嗎？」

顧晚晴愣了愣，雖然袁授沒說出名字，可她就是知道他在說什麼，就像今天在車裡，他明白她為什麼突然沉默一樣。

「如果皇上註定無法回朝，那他身邊的人呢？那些皇子們呢？都得死嗎？」

袁授移開目光，平淡的反問：「如果我落到他們手裡呢？妳覺得會怎麼樣？」

顧晚晴默默不語。鎮北王與泰安帝，表面上是迎救與被迎救的關係，但大家都清楚，已經是到你死我活的地步了。

「可能他早就不在那了。」袁授自言自語了一句。

「如果他能不在那，當初就不會那麼執意的走。」顧晚晴輕撫著小兔，小聲說道：「那時候，是他送我出的京城。」

袁授笑笑，笑容中已然包含了一些承諾。不過，他又覺得哪裡不對。他覺得她說的話另有更深一層的意義，可抬頭看看顧晚晴，她仍低著頭，依舊在逗弄著小兔，沒有半點別的意思流露，好像剛剛那話並非出自她的口中。

是他理解錯了嗎？

袁授撐在身後的手抬了抬，卻終是沒敢觸碰到顧晚晴，身子前傾盤腿而坐，手上無意識的揪著身前獸皮褥上的獸毛，沒一會他身前的毛皮褥子就禿了一片。

顧晚晴等了半天沒得到他的答覆，剛抬眼想看看他，目光立刻被那片禿皮吸引過去。看著他仍在揪毛的雙手，她終是忍不住笑了一聲，本有些忐忑的心情立時大好。

「他以前對我照顧良多，如果有這個機會，請你放他一條生路，就當是……為了我。」

第一百一十五章

【心意】

到底有多久沒以自己為理由要求別人了呢？

久到顧晚晴自己都快忘記了。

記憶中最清晰的一次是她奶奶生病的時候，那時老人已在彌留之際，為了省些醫藥費，每天都說要出院，顧晚晴那時說最多的就是：「一定不能放棄希望，就當是為了我。」

「就當是為了我」，這六個字看起來很輕，說起來卻很重，裡頭更是包含了些許任性的成分。

——沒有別的理由，只為了我，你願不願意？

顧晚晴向來有自知之明，不會隨便麻煩別人，更別提以自己作為理由。她也想得明白，對一個你不在乎或者不在乎你的人說這句話，是一點效果都沒有的，而那個願意為了你改變初衷的人，也一定是最將你放在心裡的人，那麼任性一下也並無不可。

現在她對袁授說這句話，自然是因為相信自己在他心裡有一定的地位，同時，也將他在自己心中的位置挪動了一些。

這句話，在要求著別人的同時，也在要求著自己。否則，人家為什麼要為你著想？為什麼要為你改變初衷？沒有付出，何以要求回報？

袁授的心意顯而易見，而顧晚晴，在與袁授重逢後，經過了這麼長時間的考慮，她願意試一試，不為別人，只為自己，試著再向前邁出一步。

葉顧氏說得對，她終究是要嫁人的，為什麼對象不能是袁授？

他們之間不存在任何障礙，她甚至已經嫁給了他，他對她的心意更是無可挑剔，她對他也存著好感，還有什麼理由不主動去試一試？

只是這一決定她也做得十分忐忑，她這一「試」，當真是十分細微，她甚至想，如果袁授沒有察覺她的意思，那麼她就當作沒這回事，翻過這一頁去。畢竟，對袁授，她始終是最初教導的心態要重些，看著他總覺得像在看弟弟一般。

不過，袁授的領悟力似乎不錯，尤其他現在驚喜交加又難以置信的複雜神情，讓顧晚晴十分肯定，他是明白了的。

袁授猛的站起，顧晚晴馬上低下頭去繼續逗弄兔子，心情卻再也無法維持最初的平靜。

就這樣開始了嗎？她從沒正式接觸過這種事，頗有點不知所措。

袁授的狂喜卻只維持了極短的時間，臉上的歡喜漸漸平復，吶吶開口：「他……已經從父王的名單中除名了。還記得上次的事嗎？父王早已認定他死了。所以……」他攥了下拳頭，復又鬆開，才繼續說道：「所以妳無須為了他，對我說這種話。看在以往的交情上，我也不會對他怎麼樣的。」

顧晚晴緩緩抬頭，知道他誤會了，心裡真是無語至極。這小子心裡到底在想什麼？他一直希望她能有所回應，她現在如他所願，他倒又退縮了。

這真是很讓人苦悶的情況，難道要她聲明她是認真的，並不是為了任何人？

顧晚晴思緒紛雜的時候，袁授也沉默不語，最後，兩人間的寂靜已達到了一個十分詭異的程度。沉默。

「那就算了吧！」

「我願意為了妳放過任何人。」

兩句話同時響起，顧晚晴錯愕之時，袁授泛起一個淺笑。

「就算是為了他，我也願意。」他的語氣中，已帶了堅定的決心，「不管是為了誰，只要妳在我身邊，就好。」

顧晚晴被這前後截然不同的回答弄得有些怔忡。她根本不是為了要救傅時秋才承諾會和他在一起，她答應和他在一起和求他放過傅時秋是兩件事。她根本沒有那個意思，可他誤認之下，還是願意留下她嗎？

「妳以前說過，妳和他之間錯過了。錯過就是沒有可能，不能在一起了，是吧？」袁授急著坐回顧晚晴身邊，態度極為認真。「所以我並沒有拆散你們。妳現在只是還不夠喜歡我，不能把我當成一個男人去愛，是吧？」

顧晚晴眨了眨眼，一時間不知道該怎麼回答。

「不過妳仔細看看。」袁授將面孔湊得離顧晚晴更近，語帶強調，「我真的已經是個男人了。」對著他靠自己極近的灼灼雙目，顧晚晴心跳忽然加速了一下。

還是那張英挺的面孔，數年的時間已讓他褪去最初的稚嫩青澀，他的眼中已不再滿是天真懵懂，釋放出的情意也不再是撒嬌依賴。這麼長時間，他也一直用事實證明，他是能保護她的，他是真把她當成女人在看的，而她，似乎也有了一種感覺，覺得他……好像真的長大了。

一旁的火堆烤得人遍體生熱，時不時的發出木枝燃燒的「劈啪」聲。顧晚晴覺得自己的臉上有些發燙，心裡想著要從火堆裡撤些木枝出來，人卻難以移動。

他們的距離很近，近到能感覺到他的呼吸，連帶著顧晚晴覺得自己的呼吸也有些不順暢，當視線劃過他英氣的眉眼、挺直的鼻子，觸及他輕抿的雙唇時，她腦中突然又憶起那個旖旎的夜晚，臉頰、身上的熱度終是傳至心底，好似著魔一般，臉便靠了過去，直到雙唇壓到兩片柔軟，整個人才清醒過來。

顧晚晴大睜著眼睛，幾乎緊貼的距離讓她難以看清他現在的神情，只知道他也睜著眼，身子僵得厲害。

「我是……」直至此時，她才覺得自己應該不好意思，「我只是……」她整個人急忙向後撤，冷不防他抬手扣住她的後頸，將她又拉回原位。

顧晚晴以鼻息輕嘆了一聲，終是閉上了眼睛，便感覺脣上兩片柔軟輕輕的在磨蹭著，磨蹭良久才試探性的輕舔了一下她的脣瓣。

顧晚晴按在獸皮褥上的手指才一收緊，脣上的柔軟卻已離開，心中略帶失望的睜開眼來，便見袁授一副心滿意足的模樣，朝她咧著嘴笑。

顧晚晴第一次見識到了什麼是真正的「傻笑」，這笑容將他的英挺睿智破壞殆盡，如果被鎮北王見到，肯定會一巴掌搧下來，說不定還會馬上換了他這個世子，省得丟人。

可是，很奇怪，看他笑得如此白痴的模樣，顧晚晴不禁也跟著笑，一點也沒有厭煩之意，相反的還覺得可愛至極。

「你笑夠了沒？」既然已邁出這步，顧晚晴也不再故作姿態，大大方方的面對他。

袁授點點頭，臉上的笑意卻是沒收起。他直接向後一仰，任自己摔在獸皮褥上，眼睛看著她，久久不離。

「這可壞了，大概很長一段時間裡我都裝不了冷面世子了。」

顧晚晴忍著笑，竟對他的喜悅感同身受，這是一種既新鮮又奇異的感受。

又是很久的沉默，很奇怪，這次的沉默卻不再有難堪和無言，兩個人一躺一坐，雖都沒有說話，卻好像已經說過了千言萬語。

「我們今晚還得回去吧？」

在手中最後一根木枝投入火堆後，顧晚晴終於開口打破沉默。

仍躺在那裡的袁授猛然睜眼。他發了一會呆後，緩緩的撐起身子看著顧晚晴。看了好半天，他不太確定的問：「妳剛剛……是親過我了吧？」

顧晚晴無語，搖了搖頭。

袁授頓時極受打擊似的，怔怔的好一會，這才回了神，撓著頭站起來，頗為失望道：「我……我可能是做夢了……」

見他這失望透頂的模樣，顧晚晴無力垂肩，「剛剛是沒有啊，不過，大概一個時辰前……」

還沒說完，袁授猛的撲過來把她抱住，就勢壓在皮褥上，抱得緊緊的，「還好，還好……」

不知為何，見他這樣子，顧晚晴突然覺得有點心疼。

他們兩個終是沒再繼續留在這，算算時間，現在已是亥時初刻，約莫晚上九點左右。顧晚晴雖貪圖這裡的寧靜安逸，但明天還要繼續趕路，實在不適合再待下去了。

回去時，仍是袁授騎馬載著顧晚晴，用大氅把她整個罩住，催馬趕回了營地。

進入營地前，袁授攬在她腰間的手臂緊了緊。顧晚晴從大氅中鑽出來，回頭看著他。看著他眼中的期望，顧晚晴不太滿意的瞇了下眼。不過最終，她仍是靠上前去，在他脣上輕輕吻了一下。

她怪他的不主動，卻也明白，這全是因為他不願強迫她。

寧可不要，也不強迫她。

於是袁授又笑開了，進入營地後把她送回她的馬車前，臉上還笑得像朵花似的，好在天色不明，發現的人不會太多，否則真是英名盡毀。

與極力板著臉的袁授揮了揮手，顧晚晴登上馬車，她原以為葉顧氏睡了，可上了馬車才看到她仍是醒著。

葉顧氏見她回來也連忙站起來，憂心的問道：「世子那麼急叫妳出去，沒事吧？」

顧晚晴臉上一紅，聽著馬車外漸漸遠去的馬蹄聲，有些不好意思的和葉顧氏交代實情。這時，車廂突然被人輕叩。顧晚晴探頭出去，便見一個面容清秀的小丫頭站在車外，見了她輕施一禮。

「給天醫大人請安。」

整個隊伍中的女眷只有她和劉思玉、林婉，其他的就是服侍她們的丫鬟，顧晚晴本是不想再與林婉她們有什麼牽扯，但人家找上門來又不能不理，只得問道：「什麼事？」

那小丫鬟脆聲道：「我家小姐不知是不是吹風受了風寒，想請天醫大人過去看看。」

「林婉？」

顧晚晴剛想回絕，那小丫鬟卻道：「不，是安南侯的千金。」

劉思玉？顧晚晴對她的印象很淡，如果按角色分配來說，她自己是女配角，那劉思玉就是路人甲了，一點存在感都沒有。如果將來林婉要與她一齊嫁給袁授，那麼她被林婉當炮灰的可能性也很大，當然前提是林婉別被袁授炮灰了……

由於這小丫鬟並非叫她「顧側妃」而是「天醫大人」，那便是以公事來找她，顧晚晴又是隨行大夫中唯一的女大夫，想了想便不再推辭，和葉顧氏交代了一聲，下車後隨著那小丫鬟上了劉思玉的馬車。

這車廂的空間比之顧晚晴的稍小，但也裝備舒適。裡面的燈光很暗，勉強看得清劉思玉半躺在車廂裡側，一個丫鬟背對著顧晚晴坐在劉思玉面前，看不清容貌。

第一百一十六章

【爲難】

顧晚晴沒有理會那個丫鬟的無禮，直接坐到劉思玉面前。劉思玉朝她點了點頭，又示意送顧晚晴過來的小丫鬟出去，這才開口道：「麻煩妳了。」

顧晚晴淡淡一笑，便要替她把脈，卻不料劉思玉一撐身子坐了起來，哪有一絲病態？

「妳……」顧晚晴話還沒問出口，就見劉思玉盯著她身前的丫鬟看，於是顧晚晴也下意識的看了那丫鬟側面一眼，就這一眼差點讓她叫出聲來。

那丫鬟……哪是什麼丫鬟！

那人雖穿著丫鬟的衣裙，但頭髮只是簡單的在頸後束成一束，並未有什麼複雜的花式，不見首飾，更沒有妝點，他他他……竟是傅時秋！

顧晚晴極為驚駭的盯了他半天，生怕是自己的幻覺。

良久過後，只見他笑著轉過頭來，還是那副不正經的語氣：「用得著嚇成這樣嗎？我扮女人不好看？」

顧晚晴已經說不出話了。看完了他，她又看向劉思玉。劉思玉的臉上仍是掛著恬淡的笑容，好像什麼事都沒有發生過。

「這次請妳過來是我的主意，郡王爺的本意是想瞞著妳的。」劉思玉稍現歉然，「只是我這人員來往頻多，他在這，總是難保周全，所以我想，能不能借妳的馬車，將他送往南方？」

顧晚晴此時還陷於震驚之中，乍聽此言也來不及想別的，張口就問：「你還想去南方？你知不知道我們這次去是做什麼的！」

傅時秋點點頭，「當然知道，不然我也不會這麼著急，畢竟我是父皇的兒子，不能眼睜睜的看著他有難而無動於衷。」

顧晚晴的思緒又卡住了，「你……」你了半天，才挑了個最想知道的問題，「你不是早就走了嗎？什麼時候回京城的？」

傅時秋兩手一攤，聳肩道：「有一陣子了，記不得真切日子……」

劉思玉同時說道：「妳出嫁的那天。」

傅時秋沒說完的話頓時隱去。看著顧晚晴面上複雜的神情，他伸手拍了她的頭頂一下，「別想了，妳那腦子本就轉得不快，別想些沒用的事了。」

你回來做什麼？顧晚晴很想問，但現在沒問。

「我那也不是特別安全。」顧晚晴想了想說道：「等我回去安排一下，晚點給你消息。」

「不用勉強……」傅時秋依舊是笑嘻嘻的。「我扮女人還扮得挺上癮的，就是得避著點林婉，那丫頭太討人厭，要是認出我來，保證全營的人都知道了。」

顧晚晴沒再說什麼，轉身下了車，返回自己的馬車。

葉顧氏正鋪著被褥，馬車中間有一面拉簾，此時也拉上了一半，可以防止女眷入睡時有人來打擾，拉上簾子不會直接見到女眷。

「劉小姐病得很嚴重？」看著顧晚晴微蹙的眉頭，葉顧氏停下手中的活，有些擔憂的問道。

她當然不是在擔心劉思玉，而是在擔心顧晚晴，生怕她遇上了什麼治不好的疑難雜症，那個又是未來的世子妃，由顧晚晴去治療，保不齊中途或許會出現什麼波折。

顧晚晴沒留意到葉顧氏的擔憂，她已經完全走神了，腦子裡想的就是一句話——要不要告訴袁授呢？

雖然袁授說過會放過傅時秋，顧晚晴當時也有這個信心，但她沒料到這件事情來得這麼快，現在才剛剛離京，到他們的目的地至少還有二十天的路程，這二十天該怎麼辦？且不說留在劉思玉那邊的確不安全，就算是在她這，也沒有什麼安全性可言。因為她這裡就算不會有外人來，但袁授呢？他會來啊，到時候一個大活人，該怎麼藏？

要不然就直接告訴他，讓他送傅時秋南下？但這個想法顧晚晴實在是怎麼想怎麼覺得怪異。袁授是奉命南下清除聶伯光黨羽的。雖然他說過會放過傅時秋，但說的是「放」，意思是在聶伯光堅守的宣城中找到傅時秋後不殺他、不俘他，放他另尋生路，這可不包括把他再送回宣城和己方為敵。

畢竟鎮北王到底是要救他還是要廢他，顧晚晴相信泰安帝就算再昏庸，也還是看得出來的。其實最安全的辦法，是把傅時秋送到那堆大夫隊伍裡。

從京城中跟出來的那些太醫，本就是鎮北王在北方的班底整個拉過來的，肯定是不認得傅時秋。而顧家的大夫中聽說過傅時秋的不少，真正和傅時秋見過面的也就那麼兩、三個，不過這些大夫既然能被顧晚晴挑來一同南下，也都是信得過的族人；另外，跟來的藥僮也有不少，如果能想辦法把他送到那裡去，扮個藥僮什麼的深居簡出一點，應該就不會有麻煩了。

想到這，顧晚晴還是仔細打量了一下自己車裡的空間，看看有沒有藏人的可能。這裡大是夠大，但一覽無餘，除了那扇簾子，再沒有什麼可以遮擋的東西了。

讓葉顧氏下車向劉思玉回話，要她「少安毋躁，待明日仔細研究病情再做決定」。沒一會葉顧氏回來，轉回了劉思玉的謝意，並附上一句「不必勉強」。

這句話實在是多餘的。對傅時秋，顧晚晴再勉強的事也會去做，不為別的，只為還他一片情意。

這天晚上，顧晚晴沒時間消化剛剛與袁授度過的美妙時光，滿腦子想的盡是明天的安排。

好不容易挨到了天亮，不等用飯，顧晚晴就先去了大夫們的營帳中，去找顧家的族人。

此次出來，顧晚晴從長老團內挑選了兩名長老隨行，長老們對顧家的忠誠毋庸置疑，遇到不可調節之事也必然會站在她這一邊。出門在外，顧晚晴最需要這種支持。

這兩位長老中有一人見過傅時秋，這人叫顧思德，與顧長德同輩，今年四十有七，為人雖稍嫌木訥，但手底下是有絕活的。在顧晚晴沒再給傅時秋醫治心疾的那段時間內，都是他和顧長德在兼顧著傅時秋的病情，故而認得。

顧晚晴找到顧思德後便開門見山，說了有關傅時秋的事。顧思德雖然是個老實人，但也知道此事非同小可，馬上勸顧晚晴不要冒險。

顧晚晴自然不會提自己的因素，只是說道：「將他安全送至宣城後，他會協助我們找回大長老和家主，並護送他們出城。」

如此一來，師出有名。

顧思德仔細斟酌一番後，同意了顧晚晴的提議。

「我會儘快想辦法讓你獨自擁有一輛車，以保安全。」

顧晚晴又與顧思德談定了一些細節後，這才重返自己的馬車。回程時顧晚晴一路觀察，想的盡是該如何將傅時秋送至宣城。

晚上肯定是不行，到了晚上，營地重重關卡巡查極嚴，就連袁授出入都需要有腰牌，想帶著傅時秋通過這些關卡走到大夫的隊伍裡，太難。至於白天，行進之中的關卡肯定不會那麼嚴，但也有難度，傅時秋人高馬大的，在車裡坐著跪著還能隱藏一下身形，要是跟著出來，丫鬟比小姐高了一大截，誰能不起疑啊？從哪找來這麼壯的丫鬟？

顧晚晴想了一路也沒想到什麼好主意，回到車上時特別朝劉思玉的馬車多看了兩眼，從馬車外自然是看不出什麼，可她仍是緊張。

然而，進了車廂後她嚇了一跳，袁授竟然在這。

「一早上去哪了？」袁授站起來接她，順勢握住她冰涼的手。

葉顧氏見這舉動極為驚訝，看看這個再看看那個，抿起一抹了然的笑容，連忙張羅下車：「我去看看伙房那邊還有沒有別的吃食……」

這藉口太明顯了，現在一切從簡，伙頭軍那裡能有什麼吃食？但葉顧氏到底是走了，給他們兩個留點空間。

顧晚晴心裡有事，此時只剩下他們兩個，心裡更是沉甸甸的。如果可以，這件事她並不想瞞著袁授，但她的那些顧慮也確實存在，如果現在送了傅時秋去宣城，那麼等城破之時，再找到他的時候，要不要再放他離開？一個明知是死也要毅然回城的敵人，袁授會如何看待？

「我會為了妳放過任何人。」

顧晚晴忽然又想起袁授說過的這句話，心裡始終是搖擺不定。

「怎麼啦？」袁授在葉顧氏離開的時候還是笑呵呵的，但此時英挺的眉目間染上一絲憂慮。「出什麼事了？」

顧晚晴連忙搖頭，藉口顧思德有事找自己過去問起大長老的事，以致她有些擔心。

袁授這才輕笑了下，「放心，我答應妳的事，一定會做到。」說完後，他把已然備好的早點送入口中，頗為不好意思的說道：「我還以為妳後悔了呢。」

顧晚晴挑了挑眉梢。

他低下頭去吃東西，「其實，妳要是後悔了就和我說，我能接受，真的。」

「真的？」顧晚晴反問。

袁授半天沒說話，末了鬱悶的點了下頭，卻冷不防被顧晚晴一掌拍在頭上。他錯愕的抬頭，只見顧晚晴白了他一眼。

「你要不想就直說，省得這麼委屈你。」

袁授當下急得趕快表態，直到得了顧晚晴一個笑臉，這才安下心去。

顧晚晴一方面是有意逗他，另一方面，她也看到了，這個在外人前優秀果斷的鎮北王世子，面對她時，心裡是多麼的不安，而他隱藏起來的所有軟弱和卑怯，或許也只有在她面前，才可毫無顧忌的顯露出來。

這樣的袁授讓顧晚晴心疼，似乎觸痛了她心裡最柔軟的一片地方。曾經那樣無拘無束、放肆純真的阿獸，實在應該繼續那樣純真下去，而現在的他，就像一隻被禁錮的小獸，沒有絲毫自由可言。

輕撫著黑亮的髮絲，顧晚晴看著枕在自己腿上假寐的袁授，她知道自己是他最信任的人，可自己呢？可有把他當成最信任的人？傅時秋一事，究竟應不應該與他說？

第一百一十七章

【匿藏】

袁授並沒有躺太久，約莫過了一刻鐘時間，他就睜開眼睛，顧晚晴那時正看著他拿不定主意。忽然對上他寶石一般的眼睛，微微一怔，她的手已被他握住。

袁授沒說什麼，只是捏了捏她的手就放開，翻身從她的腿上起來伸了伸懶腰。「過兩天我們會到烏城休整幾天，到時候可以好好休息一下。」

顧晚晴點點頭，心思卻沒在這上面。

袁授偏了偏頭，「怎麼了？不高興？」

「沒有。」顧晚晴連忙收拾情緒，「你快去忙吧。」面對袁授，哪怕有一絲不對都會被他看出來。

最終，顧晚晴也沒與他說起傅時秋的事。

顧晚晴並不是不信任袁授，不知怎的，她就是覺得，至少在告訴袁授之前，要先與傅時秋聊一聊。不過，大白天的要見他可沒那麼容易，行進之中劉思玉的馬車離她的馬車也有段距離，本就沒什麼交情的人突然走得近容易引人懷疑，更別說那邊還有一個纏人的林婉了。

顧晚晴一直留意著劉思玉那邊的動靜，直到傍晚再次紮營時，劉思玉的馬車才靠了過來。顧晚晴心裡著急，卻也得裝著不焦不躁的樣子，讓葉顧氏過去問問劉思玉的病情有無好轉。沒一會葉顧氏回來說，劉思玉請她過去。
顧晚晴自然馬上下車，到了劉思玉那，卻沒有看見傅時秋，她不由得一愣。劉思玉仍是半躺在車廂內側，見到她時笑了笑，抬手在身後的車廂壁上輕敲了兩下。
不消多時，劉思玉身後的車廂壁由一側橫向推開，藏在裡面的人赫然就是傅時秋！原來這是一個僅容一人躲避的暗格，難怪這麼長時間傅時秋都沒被常來這車上的林婉發現。
「你們聊聊吧，我有些頭暈，先睡一會。」
劉思玉自然不是真的頭暈，顧晚晴只看她的氣色就知道她的身體一點問題都沒有，現下這麼說，只是給兩人留點空間罷了。
劉思玉轉過去面向廂壁，這車廂內的空間只比顧晚晴那邊稍小，三個人在車裡空間綽綽有餘。傅時秋仍穿著之前的那件女裝，背對著車廂入口坐著，面對顧晚晴的臉上卻帶著吊兒郎當的笑容，好像根本沒把自己的處境當一回事。
兩個人對視了一會，誰也沒先開口。最後是顧晚晴有些急了，「你為什麼要回來？」
傅時秋反問了一句：「新婚生活還開心嗎？」
顧晚晴頓時無語。

「正經一點！你知不知道自己現在是什麼處境？」

「我知道啊。」傅時秋忽然板起臉，「那我正經的問一次，新婚生活還開心嗎？」

對於傅時秋，顧晚晴向來是沒辦法的，以前針鋒相對時她還能在言語上虧一虧他，現在，面對著付出那麼多的他，再也不能玩笑了。

「好了，不問了。」傅時秋笑笑，「你們也算是有情人終成眷屬，怎麼會不開心？」

對於他的話，顧晚晴完全不知道該如何回答。

傅時秋也不再多問，改口道：「我這次回來是有任務在身，具體是什麼，暫時還不能告訴妳。」

顧晚晴的心馬上提起，頭一件想的竟是，他的任務，可會傷害到袁授？

這是一個死局！她早該料到的，原本能同車而乘的朋友卻反目成仇，不是因為自己，而是因為大勢所趨。

只是，傅時秋和袁授，任何一個人受傷，她都難以接受。

「任務完成了嗎？」顧晚晴問。

傅時秋點點頭，又扯著他慣有的笑容，「很順利，所以才要回去覆命啊。」

「不能不回去嗎？」顧晚晴心裡一急，整個人往前探了探，「你應該明白我們這次南下是做什麼的，是吧？」

「我知道啊。」傅時秋眼中劃過一絲疲憊，但轉眼消失。「沒辦法，天地君親師，他一下子占了三個。雖然他做皇帝不靈光，但到底還算是個好爹、好老師，他走不了，我也走不了了。」

傅時秋口中的這個「他」無疑是泰安帝。顧晚晴準備了一肚子勸他離開的話頓時沒了著落，是啊，那是他爹，他怎麼能走呢？

如此一來，原本猶豫著要不要告訴袁授這事的心思也淡了。

泰安帝還是相信聶伯光的，最起碼聶伯光肯讓他做一個能煉丹的皇帝，就算現在逃離京城，那也是因為鎮北王大軍抵京之故。所以在泰安帝心裡，叛臣絕對是鎮北王，即使傅時秋對此理解不同，但也難以否認鎮北王入京的目的。

不管聶伯光是忠是奸，鎮北王也是他們的敵人就對了，所以他只要留下，那麼他與袁授就是敵人；如果再把這事告訴袁授，讓袁授送個敵人回去和他作對……這怎麼也說不過去。

因為怕久留引人懷疑，顧晚晴沒再與傅時秋過多攀談，只是與他說了下自己的想法，要把他藏到大夫隊伍裡充當藥僮。

對此，傅時秋表示遺憾，顯然他更願意留在這暖香閨閣中。

對於他這調調，顧晚晴早已習慣了，以往免不了要說他兩句，不過此時卻是默然。她不知道送他回去的決定是對是錯，從局勢、實力上看，跟著泰安帝是絕無活路的，那麼把他送回去，實際上是送他去死。

「別胡思亂想了。」傅時秋伸手在她眼前揮了揮，「去通知妳家那老頭來領人吧。」

顧晚晴無力，「他才四十七……」

「還不算老嗎？」傅時秋反問的理所當然。

顧晚晴白了他一眼，又回頭看看身後的劉思玉，心中雖然好奇傅時秋和她的關係，但當著她問終究是不好，於是不再多說，讓傅時秋重新藏好後便下了車。

她才下車就碰上了往這邊來的林婉，不禁心呼好險。林婉對她自然也沒有好臉色，不過到底沒有那天那麼囂張，經過時冷哼了一聲，並沒有過多的挑釁。

顧晚晴現在哪有心情理她？等她上了車，顧晚晴有意在原地磨蹭了一會，始終沒聽到車廂裡有什麼異動，這才放心的回去了。

關於到底要不要遂了傅時秋的願送他回宣城的事，顧晚晴已沒有太多糾結。傅時秋也好，袁授也好，他們本性截然不同，唯一相同的，就是那顆堅持的心，就算她現在能擱下傅時秋又如何？她始終不能日日夜夜的看著他，只要他想，他總會找到機會再回去的，何必呢？

既然已決定了自己面對此事，顧晚晴不得不考慮起如何將傅時秋送到顧思德那裡。由她直接送去的風險太大，那麼只能讓顧思德來這裡接人，多帶幾個藥僮，這樣回去的時候多上一個半個，也不會有人注意。

打定了主意後，顧晚晴便讓葉顧氏去送口信，有一疑症請顧思德過來商討。至於傅時秋的事，顧晚晴並未和葉顧氏說，以免她過分擔心。

這個計畫進行得還算順利，顧思德也有準備，帶了四、五個拿著醫書捧著藥箱的藥僮，兩人裝模作樣的為劉思玉會診過後，跟著顧思德離開的藥僮就多了一個。所幸此時隊伍仍在行進之中，並沒有人察覺此事，而顧思德現下是獨乘一輛馬車，讓一個藥僮在車裡聽候差遣也是再正常不過的事。

經過了一個下午，大夫隊伍那邊都沒傳來什麼異樣的消息，顧晚晴這才放了心，傅時秋終於暫時安全了。

不過放心歸放心，面對袁授的時候，顧晚晴還是有點心虛，也不知是出於什麼心理，她對袁授倒比以往熱情了些，大概是潛意識在以此掩蓋心事。

袁授相當開心，臉上的笑容一日多過一日，到了烏城休整的時候，他在屬下面前都忘了掩飾情緒，讓那些下屬直瞪了半天眼睛，這笑咪咪的人，真是那個傳說青出於藍、比鎮北王更加狠厲無情的世子大人嗎？

到了烏城後，大軍駐紮在城外，隨行人員卻是可以入城休息，袁授第一件事就是要帶顧晚晴前往行宮好好休息沐浴一下。可顧晚晴心裡有事，還惦記著顧思德那邊，在馬車上還好，一天不露頭也不奇怪，但現在進了城，要在城裡待上兩天，傅時秋可就不能再住在馬車上了。

「我想去看看我帶來的那些大夫們，等他們安頓好了我們再走。」顧晚晴還算鎮定，「你先去忙完再回來接我。」

袁授稍有點失望，不過還是聽話，乖乖的走了。顧晚晴馬上動身去找顧思德，可才走到半路，袁授竟又折了回來，滿心歡喜的對她說：「那邊的事我都安排好了，我陪妳一起去，然後我們直接就走。」

人都來了，顧晚晴自然沒法拒絕，不過心裡難免擔憂。到了驛站後她只是簡單的看了看情況，心思完全飛了，生怕袁授一不小心就會撞見傅時秋。

還好，直到見到顧思德，這樣的事最終沒有發生。顧晚晴正琢磨著顧思德到底把傅時秋藏到哪的時候，見到顧思德頗有些僵硬的神情，心底忍不住一翻。

默默的打量著顧思德的房間，只不過是一室之居，屋裡只有最基本的家具，一床、一桌、一椅、一櫃……難道……傅時秋就在屋裡？

正想著，袁授向顧思德問道：「聽聞顧家有一味很出名的靈芝養生茶，有安神健脾的功效，此行可帶了？」

顧思德連忙點頭，可他的行李還沒搬進屋，便又轉身出屋去到馬車上找。他再鎮定，心中到底有鬼，行為上難免有些慌亂，袁授目送著他出去，轉過頭來好笑的問顧晚晴：「我有那麼可怕嗎？」

顧晚晴此時心裡也是緊張，聞言笑了笑，「你怎麼想到要喝靈芝茶的？」

這味茶說起來還是從顧晚晴這出的名，因為要調理顧慧珠的身體，她這幾年學習的閒暇時間調配出一些藥膳藥茶，時間長了有幾種方子流傳出去，一些人家試了效果不錯，久而久之的，便成了顧家除醫術外的另一所長。

而這靈芝茶，正是適合秋冬服用的藥茶，用大葉的曬青茶、野生靈芝、冬蟲夏草、酸棗仁、大棗、苦蕎芽、甜葉菊等一些食補藥材調配而成，有安神健脾，改善睡眠的作用，所以極被京城人士追捧。

「不是我。」袁授不自覺的抬手壓了壓腹間，「我是看乾娘這兩天有些精神不濟，可能是不太適應這種趕路的行程。」

顧晚晴心中暗道一聲慚愧，她這兩天淨顧著擔心傅時秋，根本忘了關心葉顧氏，現在想想，葉顧氏這兩天的確有點沒精神，應該是晚上睡不安穩所致。

顧晚晴想替葉顧氏調理，自然不會只用藥茶這種初級手段，當下想著回去怎麼幫葉顧氏好好看看的時候，又見袁授的手摸了摸腹部，她錯愕的問道：「幹什麼呢？」

袁授一愣，顯然那動作也是出於無心。弄明白顧晚晴的詢問從何來後，他神秘的笑了笑，拉起顧晚晴的手摸上自己的腰腹，「妳摸摸。」

顧晚晴臉上一紅，這兩天因為一直都在隊伍之中，所以兩個人親密的動作有限，也就是拉拉手什麼的，摸他……還是頭一回。不過下一刻，顧晚晴只覺得手像是按到了什麼厚實的東西，更加好奇了，「是什麼？」

袁授挨過來，略低下聲音：「破宣城的秘密武器。」

「什麼？」

顧晚晴一時間有些沒反應過來，袁授看了看門口的方向，又繼續說道：「這次來烏城不僅僅是休整這麼簡單。宣城地處高勢，易守難攻，現下又是冬天，想偷偷潛入都很困難，好在烏城多巧匠，父王已命烏城的巧匠以宣城為對象研製出一種投射機，這種投射機比普通的拉力更強，石彈、火彈的投射範圍更廣，有了它，我們破城的機率便大上很多……」

「這個是圖紙，另有一批工匠在宣城外等著，只要拿到這圖紙，便可實地製造了，最晚明年春天，這場戰事就會結束了。」

早在袁授說到一半的時候顧晚晴就試圖攔下他，可因為無法說得過於明確而功敗垂成。等袁授全部說完，顧晚晴又陷入深深的糾結之中，傅時秋還在這房間裡啊！這樣……算不算是通敵啊？

第一百一十八章

【剖析】

袁授說完沒一會，顧思德就拿著藥茶回來了。顧晚晴急著離開，當下不再過多攀談，只是象徵性的交代了兩句，就離開了。

袁授看樣子沒把這事放在心上，顧晚晴可徹底的頭疼了。袁授這邊顯然是對破城一事有著百分百信心的，而她卻要把傅時秋弄回去送死。不過她知道，傅時秋無論如何是不會改變主意，鬧心的也只有她自己而已。

心裡有事，精神不集中，最近對顧晚晴而言這都是家常便飯了。

在烏城休整兩天後，隊伍繼續上路。顧思德那邊悄然無聲，一切都順利至極。這一走，就走了十幾日，離宣城已近在咫尺了。

袁授這段時間很忙，雖然如此，他還是每天早中晚一次不落的來看顧晚晴，有時會一起吃飯，偶爾會在馬車裡躺著歇一歇，但更多時候只是過來和她說兩句話。

自從上次之後，他們一直沒再有過離開營地無人打攪的機會，雖然馬車中存在著一定的隱秘性，但還是不適合卿卿我我。而顧晚晴與袁授的關係雖說是又進了一步，但也僅限於此，邁出這一步後就裹足不前，始終沒有新的突破。

這日，已是他們離京的第十九天，明日他們即可抵達宣城外的鎮北軍駐地。這天下午，顧思德帶著幾個藥僮過來，聲稱有疑症不明，想向天醫討教。

顧思德來幹嘛顧晚晴自然清楚，明天就要進入駐地了，今天再不把傅時秋送走，他就沒什麼機會走了。

顧思德離開後，馬車中只剩了傅時秋與顧晚晴，事到如今這事也瞞不了葉顧氏，忐忑不安的葉顧氏便坐到車外去，方便在緊急的時候通知顧晚晴。

「想好怎麼走了嗎？」這些天來顧晚晴和傅時秋並未見面，更沒有溝通過。

傅時秋微一點頭，「入夜後會有人來接我。」

顧晚晴動了動唇，還沒發出聲音，便聽傅時秋笑道：「別勸我，我已拿定主意了，不要讓我左右為難。」

事到如今顧晚晴還能說什麼？只能沉默以對。

傅時秋搖頭嘆了一聲，「妳以前的活力都哪去了？當這個天醫，都快把妳當傻了。」

顧晚晴一怔，抬頭看看他，突然覺得他說得很對，或許是每天都在重複同一個模式的生活，讓她整個人都跟著變得枯燥乏味起來，她到底有多久沒有開懷大笑過了？又有多久沒有動情痛哭過了？這些事想一想好像都是上個世紀的事，和現在的她一點關係都沒有。

「別這樣。」傅時秋收起嘻笑神色，淡淡的道：「妳這樣，是存心不讓我放心。」說完他頓了頓，最初的問題終是再問了一次：「嫁給他，妳不開心嗎？」

顧晚晴仔細的想了想這個問題，緩緩的搖了搖頭，可她卻不知道，她搖頭到底是代表不開心，還是在說，她根本沒有真正的嫁給袁授。

「我也不知道自己怎麼了……」顧晚晴像是才意識到自己現在的狀態。恍惚了半天，她的目光移向傅時秋。「我就是覺得……沒什麼開心的事……」

「這麼多年，一件開心的事也沒有？」傅時秋問。

顧晚晴將目光移至別處，等了一會才遲疑的道：「前段時間，重新找到爹娘時……」

話才說到這裡，傅時秋突然起身將顧晚晴攬進懷中，「我的出現，也沒能讓妳開心一下嗎？」

顧晚晴迷茫得忘了掙扎，她努力的在想見到傅時秋的那一刻，似乎……是有些開心的，但更多的，是驚詫。

「呵……」傅時秋沒有放開她，用手揉了揉她的頭頂。「看來，我還是不夠特別……妳知道嗎？」他將聲音放得很低很柔，像是睡前呢喃，「妳一直都把自己封閉得很緊，我試過很多種方法，但始終走不到妳的心裡。」

顧晚晴皺了皺眉，她在自我封閉嗎？為何她並沒有這種感覺？

「我最初認識的顧還珠，張揚跋扈，任何人都不看在眼裡。以前，我們之間的衝突也不少，不過她那個人呢，情緒來得快去得也快，今天才大打出手，明天又可以和你飲酒談心，不說她本性如何，她的心就擺在那裡，任何人都可以一眼看透，這和妳有著本質上的不同。」

顧晚晴本是認真的聽著，可聽到最後一句話，駭然抬頭，卻只見傅時秋的淺笑。

「妳不是她吧？我不知道為什麼，但我知道，妳不是她。」

顧晚晴立刻掙開他的懷抱，傅時秋也沒再強求，很快的繼續沉浸在往事之中。

「我有過懷疑，但是不能確定，直到妳決定參加天醫選拔，直到妳利用我，利用父皇助妳重登天醫之位，我才差不多確定妳真不是她。如果是她，縱然有再大的變故，她也不會忍到那種地步。江山易改，本性難移，顧還珠是一個看起來複雜，實際上萬分簡單的人，而妳，看起來簡單得沒頭沒腦，但總在要緊的時候，令人刮目相看。」

聽著這些話，顧晚晴怔怔的，原來從那個時候起，他就已經有所察覺了嗎？那麼隨後的相行漸遠，到底是因為他們沒有緣分，還是他的刻意迴避？他想要的到底是那個簡單的顧還珠，還是她呢？

「是因為失去醫術的變故，妳才會出現嗎？」傅時秋問了半晌，並沒得到什麼回答。看著眼前垂目而坐的顧晚晴，他釋然一笑，並不追問。

「我常常懷念我們最初相識的那段日子，那段時間的妳才是真正的妳，也是最吸引我的妳，但隨著時日漸長，那個妳就消失了，妳把那個真實的妳，封閉起來了。」

「我沒有……」顧晚晴的辯駁虛弱得毫無底氣。

「沒有嗎？」傅時秋似乎決意與她挑明，「那麼妳告訴我，這個世上除了葉氏夫婦，妳還信任誰？」

顧晚晴剛一張嘴，可話卻怎麼也說不出來，她想說他，但她有許多事都瞞著他，甚至會為了自己的利益利用他；她還想說袁授，但她說不出口，袁授對她的信任毋庸置疑，但她呢？最簡單的，她連傅時秋在這裡的事，都沒有向袁授透露，雖然她想了無數的理由來解釋這一行為，但她到底在擔心什麼？或許連她自己都說不清楚。

「妳信任葉氏夫婦，是因為他們毫無保留的對妳付出，而不需要妳付出什麼。」傅時秋的聲音較之剛才清晰了不少，「他們也在妳最不設防的那段時間裡，證明了他們對妳無私的付出，所以妳信任他們，但對其他人……妳是怕，再遇到大長老，或者是顧長德那樣的事嗎？」

顧晚晴的指尖收緊了些，將衣襬捏出一塊皺褶。

傅時秋看著她手上的動作，沉默了一會，艱澀的開口：「不只是他們，包括我、顧明珠、袁北望……甚至妳身邊的丫鬟，都曾算計過妳、利用過妳。讓妳緊閉心房的不是別人，是我們。」

寂靜，再一次在二人間蔓延。這一次，傅時秋沒再急著開口，只是安靜的看著顧晚晴，看她已然不復明麗笑容的臉龐，心下一片苦澀。

顧晚晴也沒有開口。

乍聽傅時秋的言論，的確讓她有些錯愕，可漸漸的她發現自己原來並不那麼驚訝，好像他說的話，正是她內心深處從未與人提及過的聲音。

她怎能不怕？初來乍到的那幾個月裡，她看似自由自在的活著，但有多少人在暗處看著她、算計著她？她又吃了多少的虧？這些她不說，不代表她已經忘記，她之所以能再走回顧家，能再面對大長老和顧長德，甚至能擔起維繫顧家的重任，絕不是過往不究，只是她找到了保護自己的辦法。

她想，在這世上，有幾個人能像葉顧氏那樣一心為她？就連葉明常都險些犯了錯，差點被她逐出心房，既然值得信任的人寥寥無幾，她在哪裡又有什麼差別？利用與被利用，算計與被算計，只要少傾注些感情下去，這些自然不是問題，那麼，回到顧家又有何妨？

她不是健忘，而是自認找到了保護自己的方法。

「這樣築起心房……很累吧？」傅時秋問著話，他的神情卻正是應了他的話，無比疲憊。

聽著他了然的問話，顧晚晴驀然喉間一緊，眼眶隨即跟著熱了起來。累嗎？或許一開始的時候，會因為不適應這種時時提防的生活而感到疲累，但現在，她早已麻木了。

她甚至已經忘了該如何去表達自己的情緒，高興、不高興她都是那個樣子，就連與袁授的感情，她走出的那一步，也是被理智說服，到底添了多少感情進去她自己也說不清楚。

「我本期待著袁授那小子能醫好妳的心病，但顯然，他也沒這個能耐。」

傅時秋的話讓顧晚晴又是一陣黯然。正在這時，車外傳來幾句對話，傅時秋馬上噤聲，迅速的起身轉到帳簾之後。顧晚晴側耳聽了聽，聽出是每天來為她送晚飯的伙頭軍，想來此時天色已然不早了。

果然，沒一會葉顧氏就半掀了車簾送進一盤飯菜，又是有酒有肉，還散發著熱氣。這麼久了，袁授對顧晚晴的照顧是不肯有一絲疏忽的。

顧晚晴正想把酒飯送到裡間去給傅時秋吃，又聽葉顧氏在外低呼一聲：「世子！」

第一百一十九章

【昏迷】

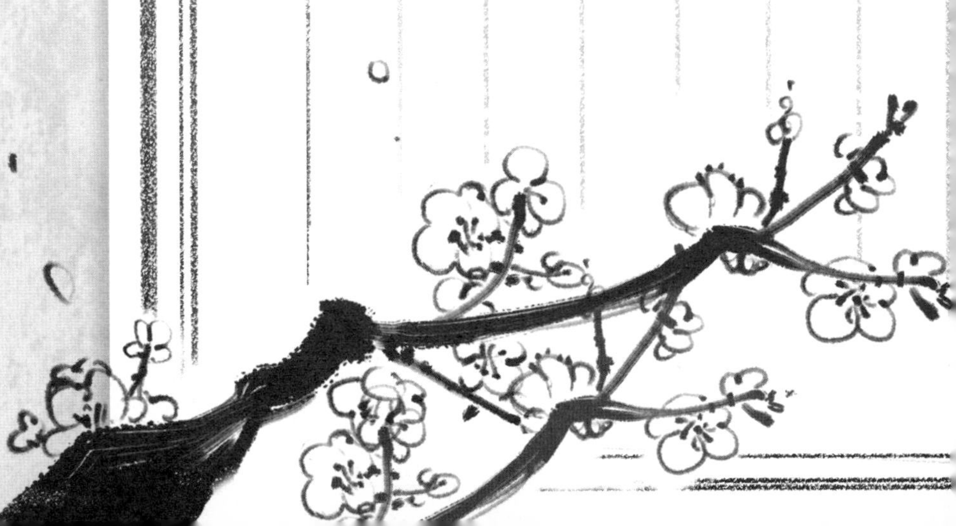

聽到這聲低呼，顧晚晴當時就是一驚，現在已快要到了紮營之時，以往這個時候袁授都在忙，根本騰不出工夫來這，通常要等到入夜後，才會有時間到她這來說說話，這也是顧晚晴為什麼這麼放心把傅時秋留到現在的原因。

回頭看了一眼拉上一半的帳簾，顧晚晴起身鑽出馬車，正見到袁授從馬上跳下。

「行營有人過來接應，我今天可得閒了，來找妳一起吃飯。」袁授一邊說一邊笑著把馬韁扔給離自己最近的一個親兵，無視那小兵幾乎快把眼珠子瞪出來的神情，也不叫停仍在行進的馬車，單手按在車轅處一撐，人已跳了上來。

這下，顧晚晴想攔也攔不了了，她心裡急得厲害，不過她擋在車簾之前，袁授也進不了馬車。兩人與兩個車夫及葉顧氏一起留在了馬車駕駛的位置之上，幸虧這馬車寬大，前面地方也開闊，這麼多人在車上也不至於太擠。

只是他們不可能一直留在這，顧晚晴心思急轉之下開口道：「我要去找顧思德有事相商，你陪我去？」

「好啊。」

袁授笑著答應，人卻沒下車，反而一側身子鑽進車裡，順手也把顧晚晴拉了進去。「先吃完再去，我特地叫伙頭軍提前弄了點吃的過來，等吃完也紮營了，有什麼事可以慢慢商量。」

袁授已經進去車裡了，顧晚晴更是心急如焚，但她還是遞給葉顧氏一個安撫的目光，跟著進了馬車。

馬車裡仍然看不到傅時秋的蹤影，不過顧晚晴卻知道他就藏在那半扇帳簾之後，當下挑靠內側的位置坐了，端坐在帳簾之前，才又伸手把剛剛送來的酒菜端了過來。

這一端，顧晚晴才發現這食盒設計得精巧，分上下兩層，下層裝著熱水，中間鋪以蔑簾，上放飯菜，以此保持飯菜的溫度。以往收拿食盒的事都是由葉顧氏來做，她竟到今天才明白箇中巧妙。

「好玩吧？我想出來的。」袁授抬了抬頭，年輕英挺的面龐上染了幾分孩子氣的驕傲，等著聽人誇獎。

顧晚晴僅是笑了笑，便低頭把酒壺拎出，顯然酒壺也是事先燙過的，現在還留著餘熱。

她抬手想替袁授倒酒，手才抬起又頓了頓，「你晚上沒事了嗎？可以喝酒？」

袁授點點頭，把置在小桌上的酒杯端至酒壺壺口處，直到顧晚晴給他倒了一杯，他喝了入肚，才呼出口氣。

「明天就到行營了，我這次來名為撫軍，所以一切事宜都須由孫將軍定奪，現下孫將軍派了人來接應，我自然樂得清閒。」

這二十多天，袁授的辛苦顧晚晴都看在眼中，讓他得以休息她自然開心，只是這時機不對啊！她這車上還藏著個大活人呢，雖然一直有馬車行進的噪音干擾，但在袁授的授意下，她這車輪上早包了厚厚的棉胎，讓馬車行進的噪音減至最低，可以說，現在傅時秋連喘氣都得小心，更別說發出什麼別的聲響了。

顧晚晴現在只希望他們能快點吃完，然後就去找顧思德，期間可以讓葉顧氏給劉思玉送去消息，有她幫忙，傅時秋轉移起來也會方便不少。

打著這樣的主意，顧晚晴也陪著袁授喝了兩杯，而後胡亂的吃了幾片醬牛肉就算吃過了這頓飯。袁授倒是吃得開心，大概是少有的放鬆時刻，沒一會，一小壺酒已然下肚了大半，兩盤菜也都吃得差不多了。

「你怎麼樣？還能走嗎？」顧晚晴已經開始動手著裝了，但看袁授眼帶迷離的靠在車廂上，像是喝醉了。

「我覺得……」袁授甩了甩頭，「好暈……這是什麼酒啊……」他說著，伸手來拿酒壺，可抓了兩次都抓空了，最後傾了身看去，卻是再沒了動作，直接睡著了。

顧晚晴嚇了一跳，這玫瑰酒是袁授特別吩囑替她預備的，她也喝過，自然知道這不是什麼烈酒，以她的程度也要喝上五、六杯才會感覺微醺，怎會……

才想到這，她也覺得一陣暈眩襲來，連忙扶住車廂壁穩住身子，可那眩暈來得異樣迅速，連帶著身上也軟綿綿的失了力道，她倒地之時眼前已是一片搖晃，隱隱約約她見到一個人影從簾後轉了出來，朝她走近……

怎麼了？

顧晚晴暈沉沉的睜開眼，頓覺頭痛欲裂，眼前的人影晃了半天終於看清……

「娘？」

聽到她的聲音，葉顧氏連忙過來探了探她的額頭，舒了口氣，「這下可醒了，妳可真是，究竟是喝了多少酒能把自己喝成這個樣子？」

頭暈得厲害，顧晚晴握住頸間的天醫玉，另一手覆上額頭，沒一會，疼痛消散，她才算好過了一點。也在此時她才能想葉顧氏說的話。

「醒？」有醒必有睡，可她的記憶分明只是片刻之間啊！

葉顧氏擰了手巾過來給她擦臉，「妳看看外頭，天都黑了。」

顧晚晴連忙湊到窗邊，果然，馬車早就停了。巡營的火光在夜色之下慢慢移動，顯得格外光亮。

「現在是什麼時辰了？」顧晚晴問完便是一滯，她才發現，她剛剛所在的位置就是帳簾之內，這麼說……

「他呢？」顧晚晴的聲音壓低了許多。

「妳在問誰？」葉顧氏收回自己手上的手巾，嘆了一聲，「妳要問的是世子，他比妳醒得稍早一點，臉色很不好的走了。妳要問的是傅公子……大概是紮營的時候趁亂走了，我那時見妳和世子都睡著了，也沒進來打攪，下車去幫忙了。」

聽了這個回答，顧晚晴怔在那一動不動。

她和袁授的昏迷絕非偶然，也和酒沒有一丁點的關係，從他們的症狀上看來，分明是被人下了迷藥，而迷藥正是下到了酒裡。

酒菜是袁授派人送來的，伙頭軍的人自然沒有那麼大的膽子來迷暈他們，那麼……顧晚晴想到袁授剛來的時候她迎了出去，那時，車裡只有傅時秋……

會是他嗎？他怕被袁授發現，所以在聽到袁授有意在這裡吃飯後便在酒裡動了手腳？

這件事顧晚晴說不出自己是什麼感覺，站在傅時秋的角度，因地制宜適時而動是再正常不過的事，只是他這一舉動，卻是連她也瞞了，或許是因為來不及通知她？或許是不想她左右為難，所以乾脆連她一起迷倒？

袁授呢？顧晚晴想了一圈才想到他，葉顧氏說他臉色很不好的走了，想來也是想通了迷藥一事，那是去找伙頭軍算帳了？

想到這個可能，顧晚晴十分愧疚，連忙讓葉顧氏去找袁授，請他過來一趟。畢竟這是軍隊，如果做飯送飯的伙頭軍被冠以謀害世子的罪名，那可不是好玩的。而她是想等袁授過來後就告訴他關於傅時秋的事，雖然晚了點，但現在傅時秋已然走了，她也不必擔心他們之間起什麼衝突。

葉顧氏見顧晚晴臉色鄭重，連忙披了大氅就下車了。以葉顧氏的身分，袁授自然早有交代，不會遇到什麼攔截。

過了半晌，葉顧氏才回來，卻只是她一個人。

「世子說他有事要做，晚點再來看妳，要妳好好休息，別的就沒說什麼了。」

有事要做……顧晚晴不由得更為擔心，乾脆自己下了車，親自去找袁授。

可沒走幾步，她便被匆匆而來的幾個面生將士攔住，問明了身分，他們才道：「剛剛營地內發

現可疑之人，請天醫大人在車內好好休息，不要隨意走動，我們會儘快搜查的。」

顧晚晴的心馬上又提到了嗓子眼，難道傅時秋沒逃掉嗎？

從車外的聲音不難判斷營中巡查的人手加了幾倍，因無法隨意行動，顧晚晴擔心得一夜無眠，所幸直到第二天早上也沒聽到什麼異樣的消息，包括抓到奸細，或者是處置伙頭軍什麼的。

第二天一早，隊伍如常繼續出發，戒備也依然加強數倍，顧晚晴不放心，又叫了隨車而行的護軍來問，都是沒得到什麼消息，這才漸漸的放下心來。到了傍晚之時，他們已進入了鎮北軍在宣城外的駐軍營地。

這裡的常駐軍足有三萬餘人，營地的範圍自然也大得離譜，顧晚晴心中暗唸希望傅時秋已經脫困，不然入了這營地，再想走可沒那麼容易了。

不過，似乎他運氣不錯，一直也沒有他被抓的消息。

顧晚晴終於不必在馬車上過夜了，她被分配到了一個居於營地核心位置的營帳，帳內家具一應俱全，比在車上不知舒服了多少倍。

在帳中用過晚飯後，顧晚晴才想起今天一整天都沒看到袁授，有心去打聽，可離開營帳沒走幾步便被攔下。不比原來的隊伍，這是正規的軍營，又有別的將軍主事，顧晚晴不想太過莽撞，給袁授多添麻煩。

如此過了三天，顧晚晴也坐不住了。

袁授已經連續四天沒出現，這太不尋常了，就算他再忙，也斷不會這樣毫無消息。

和上次一樣，在營帳附近的小範圍活動沒人來管，可只要超出範圍，立刻便會有人過來攔截。

顧晚晴也不硬闖，只是問那穿著副將服飾的將軍：「世子在何處？我想見他。」

顧晚晴這次雖然是以天醫的身分來的，但她同時也是世子側妃，詢問世子的去向也是情理之中的事，那副將猶豫了一下，開口道：「世子因遺失了重要公文，被大帥暫時關押，大帥已發急報請示王爺，這兩日便會有回音。」

第一百二十章

【挨打】

丟失公文……顧晚晴第一個想到的就是收在袁授身上的那套投射機解構圖，他收在自己身上，時刻不離，怎會丟了？

顧晚晴不敢再想，但答案已清楚的盤旋在了她的腦中。

會是傅時秋嗎？

那日在顧思德的馬車裡袁授透露出圖紙的事，接下來迷藥、暈倒、傅時秋的失蹤……所有的事在顧晚晴腦中串出一條清晰的線，縱然她在心中接連否定，卻還是無法攔阻直接的答案。

這就是傅時秋要告訴她的嗎？

他說她把自己封閉得太深，他要她回復以前、敞開心扉，結果，就是這樣對她的嗎？

那一瞬間，顧晚晴的心痛如針扎，她也不知道究竟是為誰，為傅時秋？還是為袁授？

無妄之災啊！這對袁授而言，徹頭徹尾的是一場無妄之災。他可以成為一個合格的世子，他也可以完成鎮北王交代的任務，可因為她……他不應該這麼相信她的。

勉強沒讓自己的神情露出什麼異樣，顧晚晴向那副將道：「我想見見世子。」

那副將十分為難，想了半天，還是搖搖頭，「在王爺的決定未到之前，大帥是不會讓世子見任何人的。」說完他又補了一句：「大帥三代效忠鎮北軍，在西北邊關時就是王爺最得力的臂膀了。」

顧晚晴明白了這句話的意思，這裡的主帥孫將軍，是不會給除了鎮北王之外的任何人面子，哪怕是世子也一樣。

也對，若不是死忠心腹，鎮北王怎會派他來圍剿泰安帝？

在這裡，顧晚晴動用不了任何力量，包括劉思玉和她大哥都被限制了活動範圍，由此可見，孫將軍對他們是有懷疑的，畢竟偷取圖紙的人可能就在袁授身邊。所以目前最好的方法就是等，等鎮北王的處置結果。

顧晚晴並未等多久，當天晚上，升帳鼓起，營中所有副將級以上將士，都須齊聚主帥帳前聽候差遣，顧晚晴身為天醫也被邀前往。

來接顧晚晴的還是那個副將，這次正式做了自我介紹，那副將名為沈良，也是從爺爺那輩開始就跟在鎮北軍中的，現在是袁授的副將。

「世子要屬下轉告夫人，無論王爺決策如何，軍令如山，任何人都不得反駁，否則可以軍法處置。」

顧晚晴聽罷又是滿心愧疚，都什麼時候了，他還惦記著她，怕她衝動受罰。

二人匆匆來到主帥帳前，此時帳前的空場內已站滿了身負鎧甲的將士，個個身挺如槍神情肅穆，在冬日寒風中沒有絲毫動搖。

再看那主帥營帳，寬大的兩扇帳簾左右掀開，大帳之內一覽無餘，站於主帥座前的是一個相貌甚為威武的將軍，面如刀削眼含冷冰，他身上散發的氣勢十分迫人，讓顧晚晴想到鎮北王。想來，這位定然就是那位孫將軍了。

顧晚晴跟著沈良步入帳中，在這裡她只見到了劉思玉的大哥這一個認識的面孔，其他落坐的十餘個將軍卻是一個也不識。

孫將軍見她進來後沒有過多表示，淡淡的說了句：「請天醫大人落坐吧。」

顧晚晴沒有多言，坐下後只盯著大帳入口處，過了一會，一襲素衣的袁授走了進來，他看起來沒什麼不同，可卸去的戰甲與身後跟著的士兵都宣示著他此時的處境。

袁授入帳後第一個看到的便是顧晚晴。他輕輕抬了下脣角，而後便移開目光，立於營帳正中，一副聽候發落的模樣。

又過一會，帳內的席位坐滿，孫將軍才開口道：「關於圖紙遺失一事相信大家已然知情，圖紙雖可以再次送達，但此事已失先機，王爺震怒，對世子的處置也有示下。」說著，他從桌上拿起一份火漆秘本，當著眾人的面撕開火漆，將秘本展開。

孫將軍先是迅速的流覽了一下秘本的內容，而後交給一旁的副將。那副將接過後正要宣讀，卻又愣了一下。孫將軍冷冷一眼掃過去，那副將這才將鎮北王的示下唸出。

「……世子失職之過，責鞭三十，又令世子於十日內擒獲盜圖之人，未獲，加鞭五十，再十日未獲，複之！」

太重了！

這是帳內所有人的想法。

若此時立於帳中的是個普通將士，這責罰尚可說中規中矩，可現在站在這的是鎮北王世子，是將來要傳承鎮北王一脈的繼承人，三十鞭也就罷了，可後面那兩條，抓不到人要補罰，再抓不到，繼續罰！這可是異常嚴苛了。

但這班將士心中想著罰重了，卻沒有一人敢出言反對。他們都是自小在鎮北軍中成長起來的將士，清楚的知道，鎮北王命令既下，絕無更改的可能。

顧晚晴同樣料到了這點，但她無法平靜。

抓人？要去哪抓人？誰偷了圖後還站在那任人抓？如果一直抓不到人，難道這個處罰就要一直不

斷的循環下去嗎？看著已有士兵上前除去了袁授身上的棉袍，顧晚晴再按捺不住，「且慢！」

「閉嘴！」

幾乎同時，在顧晚晴站起身子的時候，這兩個字異樣冷酷的從袁授口中吐出。

「這件事……」

「我讓妳閉嘴！」袁授不只話冷，整張面孔更是寒若冰霜，沒有一絲轉圜餘地！

沈良連忙上前一步攔下顧晚晴，低聲急道：「夫人切莫衝動令世子為難！」

顧晚晴怔怔的站在那，看著袁授臉上的厲色，眨了眨眼，成串的眼淚就那麼落下。

心疼得無以復加。

顧晚晴稍稍弓著身子，不讓這種疼太快的蔓延全身。

他知道圖是怎麼丟的，他知道。

為什麼到了這種時候他還要護著她？他明知道圖紙丟失一事定然是與她有關，可說出來，她就是裡通外敵，論罪當誅！

她為什麼要犯這種錯？

傅時秋啊傅時秋，這，可曾是你願意見到的？

袁授是自己走出帥帳的，在數百將領之前除去單衣，硬挺著沒吭一聲挨完了這三十鞭罰。

鞭子甩在空中抽出異樣震耳的響動，爆發於皮肉之上，每一聲都刺進顧晚晴的心裡，她沒勇氣走出去看他受刑，坐在帳內捂著耳朵，那聲音卻還是鑽進她的心中。

三十鞭，需要說長不長、說短不短的時間。再聽不到鞭聲的時候，顧晚晴彷彿虛脫一般靠在椅上，可下一秒，她又急衝出去，從諸多將領中間擠到空場中去，卻只見到袁授被幾個將士抬走的背影，再看地上那還未來得及收起的鞭子，最細的地方也有兩指粗，上面還沾著斑斑血跡。

「夫人快去看看世子吧。」

聽著沈良的提醒，顧晚晴緊咬著下唇奔向袁授消失的方向，這次沒有人來攔她，由著她順利的跟著抬袁授的人來到了一個營帳。

那幾個將士將袁授放趴到簡易的木床上，當即有跟來的軍醫上前為袁授塗藥。顧晚晴只看一眼便知道那黃白色的藥粉是最平常的金創藥，上前一把推開那軍醫。

「去！去把顧思德叫來！讓他拿千珍散來！」

顧晚晴吼這一聲幾盡力竭，又把好不容易忍回去的淚水吼了出來，她甚至忘了幹嘛要叫顧思德，她就能治啊！

那幾人面面相覷了一下，最後由那軍醫領頭，眾人魚貫的退出了營帳。

顧晚晴也不管他們到底是去叫人還是去幹嘛，伸手覆上袁授血肉模糊的後背，伴著成串的眼淚運起異能。運轉了一會，手心的熱度已達到她最高的忍耐程度，也只是成功的止了血而已。少了血跡的干擾，袁授後背的傷勢看起來更為駭人，但凡有鞭痕之處皮肉盡數翻開，有的甚至深可見骨。

太狠了！行刑之人並未因為受罰的是袁授而手下留情，而在軍營之中，無論刑具的規格與施刑人的力道，都絕非平常可比，否則也不會三十鞭便將他打到昏厥。

自開始治療，顧晚晴的眼淚就沒停過，雖然知道這傷勢只是看起來嚇人，實則沒有大礙了，但她還是不放手，想將所有皮肉恢復如初。

可這哪那麼簡單？她以前就做過試驗，對於傷口，她的異能不是特別有效，可以成功止血，也能加速傷口癒合，可要馬上看到皮肉痊癒，那就很難了，哪怕只是小小的一道傷口，她也幾乎要費盡全力才可以讓傷口以肉眼可見的速度癒合，但這麼大面積的傷口，連她也有些無可奈何。

但她仍在堅持，手心已熱到發麻，她還不撒手。

「夠了……」

極虛弱的聲音，讓顧晚晴眼淚掉得更凶，乾脆放掉天醫玉，雙手齊齊覆上他的後背。

「好燙……」

「就快好了。」熱度已從手心蔓延到手臂，顧晚晴的雙手已經開始發顫，但她看到了一些傷口正在以極慢的速度縮小，當下更為賣力。

「疼……」

顧晚晴一驚，連忙收手，心急問道：「哪疼？」

袁授看著她，淺淺一笑，「心疼……」

「妳這樣子，我心疼。」他說。

顧晚晴怔怔的，驀的，大哭。

第一百二十一章

【本性】

當顧思德帶著千珍散匆匆趕到的時候，顧晚晴已止住了哭泣，坐在床邊以溫水幫袁授清理傷口。她的異能是可以止血，但沒有清理作用，所以袁授的後背看上去仍是血肉模糊，讓人不忍多看。

顧思德連忙拿出千珍散，在顧晚晴已清理好的地方小心灑上藥粉，直至所有傷處都照看個遍，這才示意兩個藥僮上前扶起袁授，小心的替他紮好繃帶。做完這些，顧思德見顧晚晴仍沒有開口的意思，便朝袁授微一欠身，帶人離開。

顧晚晴慢慢洗去手上沾染的血跡，重新坐到袁授床前，輕聲問道：「還疼嗎？」

袁授趴在床上，笑著朝她搖搖頭。

顧晚晴笑不出來，愧疚的低下頭。怎會不疼？就算止住了血，皮肉癒合也需要時間，而她幫忙的效果卻是不大。

「都是我的錯。」

這句話，顧晚晴說得異常費力。如果是今天之前，她或許還可以輕鬆以對，甚至只會擔心傅時秋的安然，可現在，袁授卻是因為她的緣故，遭受了這種痛苦。

「是他嗎？」袁授沒頭沒腦的問了一句。

顧晚晴看著袁授隱含失落的目光，心中說不清是什麼滋味，胡亂的點了點頭。

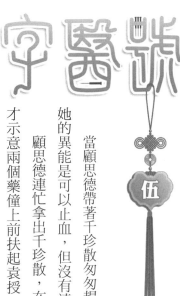

袁授輕笑，「我猜也是，除了他，妳還會為誰隱瞞我呢？」

以後不會了……這句話顧晚晴在心裡想著，卻是說不出口，現在結果已經釀成，無論說什麼都已經晚了。

「你……」顧晚晴想問他是什麼時候知道傅時秋的存在的，可話到嘴邊，又改了口：「你會抓到他嗎？」這種時候再問以前的事已是多餘。

「放心。」袁授微微失神的枕著手臂。「我答應過妳，會放了他的……」

「我不是說這個！」顧晚晴心中又氣又惱，這一刻，她是真怨傅時秋的。「你抓不到人的話，要怎麼向王爺交代？」

抓人，自然不是簡單的交個人上去就完事，是要把圖紙原樣收回的，可現在那圖紙早就不知在哪裡，要袁授怎麼交？

袁授怔了一下，而後極燦的一笑，「妳在擔心我嗎？」

顧晚晴完全說不出話來，心裡揪得生疼……

這個笨蛋，這麼點事，值得高興成這樣嗎？

「放心吧。」袁授的情緒明顯高了許多。「那份圖紙還會再送來的，只要能在中途攔截，複刻一張，就能交差了。」

「那人呢？」

「到時候只能有勞那些看不慣我的仇家了。」袁授狀似惋惜，還嘆了一聲。

顧晚晴想笑，但看到他身上包得像木乃伊似的，就怎麼也笑不出來了。他從頭到尾都沒再提傳時秋，顯然是怕她為難，寧可自己製造證據和犯人。

兩人正說著話，忽聽帳外傳來「大帥」的呼聲，片刻之後帳簾被人掀開，進來的人正是孫將軍。

孫將軍的神情依舊冷厲，看了眼床上的袁授，這才把目光移向顧晚晴。

早在聽到動靜的時候袁授就閉上了眼睛，顧晚晴自然不會去點破，替他輕輕蓋上被子，這才站起身來迎向孫將軍。

「有天醫大人在，本帥就放心了。」孫將軍說話時神情不變，態度冷酷，與鎮北王當真十分相似。「責罰世子本帥也是聽命行事，還望世子不要怪罪才好。」說罷，他命人送上幾瓶創藥。「這是年前王爺所賜，轉贈世子，希望世子早日痊癒。」

顧晚晴並沒上去接那幾瓶藥，命人將藥放至床頭的小桌上，淡淡的道：「孫將軍大公無私，對世子也毫不留情，可見治下定然極嚴，王爺和世子將來還要倚仗將軍開疆擴土，又怎會怪責將軍。」

不怪?那是不可能的，這裡的人都是孫將軍麾下的將士，對袁授用刑，輕了、重了，只要他一句話，可從袁授的傷勢上看，顯然施刑者丁點也未留情，也不知這孫將軍就是這個正直的作派，還是他就是袁授口中「看不慣的仇家」中的一員?不管是哪種，都很難使顧晚晴對他笑臉相向。

對於顧晚晴不冷不熱又夾雜諷刺的回答，孫將軍看似並未在意，也不多說，對顧晚晴拱了拱手後離開了營帳。臨行前他交代一句：「天醫大人若想離開請儘快，營內實行宵禁，入夜後不可隨意走動。」

目送他離開後，顧晚晴又坐到了床前，袁授也睜開了眼睛。

「妳早點回去吧，我沒事了。」

「我今晚留下照顧你。」

顧晚晴拿起孫將軍送來的藥瓶，打開瓶塞聞了聞，應是不次於千珍散的好藥，但她一直懷疑這個不講情面的孫將軍是袁授的敵人，連帶著也就懷疑這藥裡是不是另有玄機，就算沒有，孫將軍說這藥是「年前所賜」，現在已是年底，都一年多了，早過期了吧?

看顧晚晴把那幾個藥瓶堆到角落去，袁授奇道：「怎麼了?這藥不好?」而後聽顧晚晴說出自己的顧慮，忍俊不禁，卻不慎牽扯到後背的傷，齜牙咧嘴的吸了半天涼氣。

顧晚晴連忙又以異能相醫，可運轉半天，幫助極微。她抬手一看，自己手心的紅痣顏色竟又暗淡下來，變成了淡淡的豆沙色。

這一情形在顧晚晴剛來這朝代的時候也出現過，只不過那時她還沒有發現自己身負異能，現在怎麼？她的異能又用過頭了嗎？顧晚晴的心突然跳快了兩拍，如果……如果在異能將竭時繼續使用，再現顧還珠醫治老太太時的能力枯竭，那麼……她能回到現代去嗎？

這個想法，在顧晚晴腦中只是閃了一瞬，而後便被她拋至腦後。

就算能回去，又怎麼樣？她不想回去了，尤其是現在。

「沒事吧？」

許是因為她的怔忡，袁授臉上也現出幾分憂慮。顧晚晴連忙搖頭，又惋惜的攤開手掌，「看來暫時幫不到你了，得緩兩天。」

「我都說沒事了。」袁授死撐著。而後，他將話題引向別處，「孫將軍和我沒什麼恩怨，他這舉動，應該是父王授意的。」

顧晚晴猛一皺眉，「是王爺讓他往死裡打你？」

袁授又笑，「我還沒死呢不是嗎？遺失圖紙一事若在往常，是絕不會讓這麼多人知道消息的，以免動搖軍心。不過現下情況特殊，我們在這裡至少還要駐守三個月，決戰應在春天進行，所以不必在此時就將士氣鼓足，不過時日一久，守軍或許會有鬆懈，所以父王讓孫將軍當著眾多將士嚴懲於我……」

「殺雞儆猴？」顧晚晴可算是有點明白了。

「差不多吧，不過我這隻雞是隻有身分的雞，連我都敢殺，別人就更別說了。」

有身分的雞……顧晚晴聽著這話怎麼感覺這麼彆扭呢……

「那也不能下手那麼狠啊！」想到他昏迷不醒的樣子，顧晚晴就忍不住心疼。「下次綁他兒子來當雞，看他捨不捨得下手往死裡打！」

「他只有兩個女兒。」袁授含笑的望著她。「父王也有意讓我娶一個回來，加強他的歸屬感。」

顧晚晴努了努嘴，沒吱聲。

若在以往，這事她也就是聽聽，鎮北王就是一個要利用一切資源的陰險BOSS啊，他不這麼做倒奇怪了。可現在，她覺得胸口一陣陣的發堵，剛才差點衝口而出……怎麼全往自個兒子這堆啊，那老混球自己怎麼不娶啊！

氣悶，這感覺挺新鮮，因為她的身體一直很健康。

「怎麼不說話了?」

在腹誹劉思玉。

這話當然也不能說，所以顧晚晴是在心裡回答的。她的目標轉眼已經從孫將軍的女兒轉移到劉思玉頭上去了，人家說怎樣就怎樣，說嫁誰就嫁誰，有沒有點自己的想法啊?千金小姐不是最討厭這種強強聯姻的嗎?逃婚去啊!

哎?這倒提醒了顧晚晴，要不要幫幫她呢?從她肯冒險幫傅時秋看，她……

靠!想到這裡顧晚晴驚出一身冷汗。

她差點忘了，這事全是由劉思玉幫了傅時秋而起的啊!後來她把傅時秋藏起來，劉思玉是全都知情的，現在圖紙失竊，只要是腦子正常的人應該都想得到與傅時秋有關，那那那……

要是劉思玉哪天不小心把這個秘密透露出去，成了全世界皆知的秘密，大家就都知道丟圖紙的那段時間有個敵人潛伏在營地裡，行竊人也自然會指向傅時秋。到時候，袁授就算交了人上去，也會引來猜疑，甚至會成為那些看不慣他的仇家攻擊他的把柄!

顧晚晴一身冷汗後立刻把這事告訴了袁授，讓他知道知情人又多了一個，雖然劉思玉不會蠢得把自己也牽連進去，但就怕萬一，得提防啊!

袁授聽完後神情果然嚴肅起來。思索了一陣，他沉聲道：「劉思玉向來深居簡出，出門時也有許多下人跟隨，只憑她，恐怕無法神不知鬼不覺的做出這麼大的陣仗；還有那暗格，定然也不是由她動手做的。」

顧晚晴聞言，更為擔心與自責，如果知情的人再多幾個，那袁授就真的危險了。

「這可怎麼辦？」顧晚晴緊咬著下唇，冷不防幾根微涼的手指貼了過來。

「別咬。」袁授幫著她鬆開牙齒，看著她的眼睛，目光裡滿滿的笑意。「我覺得妳不一樣了。」

「嗯？」顧晚晴瞪眼，摸上眼角，「不會長眼紋了吧？我很注意的……」

袁授失笑，摸了摸她的臉頰，「晚晴，我真喜歡現在的妳。」

第一百二十二章

【暗戀】

顧晚晴臉紅了。

她不是沒聽過袁授的告白，連親吻都有過了，可現在她卻為了一句話在臉紅。

「怎麼了？」袁授探了探身子靠了過來。

顧晚晴連忙躲開去，又惦著他的傷勢，急著把他推回原位。「別亂動。」

顧晚晴和袁授說話向來是很自然的，自然的意思就是，不夾雜什麼別的情緒，不讓你亂動就是不讓你亂動，不存在客氣或者言不由衷的情況。但眼下，她除了擔心他扯到傷口外，還夾了另一層意思在其中，她不想讓他發現自己在臉紅。

面對袁授，顧晚晴第一次有了迴避的態度，但卻不是因為生厭，而是……咳，羞澀。

好像在他們第一次親吻的時候，她都沒有像現在這麼害羞。這是一種很奇異的感覺，除了臉上發燙，人也有點暈乎乎的，看哪都行就是不能看他，心裡卻美得冒泡，就快找不著北了，難道這就是傳說中的「怦然心動」？

在此之前，顧晚晴雖然已下定決心要邁出一步，但和袁授之間總是差了層感覺，袁授對她也只是依從，從來沒有強迫她做什麼，時間一長，她難免覺得索然無味，甚至生出「原來戀愛也就是這麼回事」的想法……

但現在不同，好像有什麼東西點燃了。

「嗯……劉思玉那邊，你想怎麼辦？」

座位還是那個座位，距離還是那個距離，人嘛，袁授與顧晚晴，一切都是一樣，但又都不一樣了。顧晚晴自己都有察覺，她的聲音竟在無意間柔和許多，也好聽許多。

袁授想了想，「她應該也在擔心妳會不會把她說出去，如果她因為害怕而先下手為強，我們就會很被動。」

顧晚晴神情一動，卻是沒說出什麼，咬了咬下唇。

她在想，難道要防患於未然，先對付劉思玉嗎？傅時秋是劉思玉引進來的不假，但最終卻是壞在她的身上，包括洩漏圖紙一事，如果不是對著她，袁授又怎會那麼輕易就說出隨身攜帶圖紙一事？

袁授笑了笑，「別把什麼事都想得那麼嚴重，妳去和她聊聊，讓她安安心，她也不會甘願冒險的。」

聽袁授這麼一說，顧晚晴當下鬆了口氣。她對劉思玉的印象還算不錯……嗯，目前是不錯的，但如果劉思玉將來真的嫁給了袁授，就難說了。

「那我現在就去。」

顧晚晴說完就走，完全不給袁授反對的機會。

袁授趴在那「哎哎」的叫了好幾聲，只叫進來營外站崗的士兵。最後他無奈擺了擺手，反省自己這話說早了。

顧晚晴可是急得很，出去後辨清方向便朝自己居住的營帳而去。劉思玉和她的往處離得不遠，前兩天還見過她在外散步，當然，也是限制範圍的。

顧晚晴一路小跑的回來，遠遠的見到劉思玉的帳子裡透出隱隱光亮，知道她還沒睡，當下加快腳步，到了帳前也未停留，直接掀簾而入。

劉思玉卻是與林婉在一起，看樣子似乎是在聊天。見到顧晚晴，劉思玉站起身來，林婉卻是沒動，面上極寒。

「什麼人！一點規矩都沒有，理應軍法處置！」

顧晚晴原來還覺得自己有點魯莽了，此時一聽這話，反倒笑了：「西邊樹林的風景可好？林姑娘當真是有福氣，恐怕是頭一個讓世子如此令眼相看的人呢。」

林婉聞言臉色急變，猛的站起，什麼淑女儀容都顧不得了，「一定是妳慫恿的，回京後我一定告訴七姑奶奶……」

「聽說七王妃只是劉姑娘的親姑奶奶，什麼時候又多了妳這個乖孫姪女？冒認皇親之罪可大可小，林姑娘慎言啊！」耍嘴皮子？顧晚晴早就不屑玩了。

「妳！」林婉有心回擊，可奈何她母親與劉思玉的母親只是表姐妹，到她這就算不得什麼近親了，和早已嫁離安南侯府的七王妃更談不上有什麼親戚關係，只是她擅於經營人脈，刻意逢迎之下，把關係拉得較近而已。

「好了，天色不早了，我與劉姑娘還有要事相商，林姑娘在這太不方便了。」顧晚晴對林婉本來就沒什麼好印象，她又不是正經八百的貴族之女，有機會虧她，顧晚晴自然不會客氣。

顧晚晴來找劉思玉，她相信劉思玉會明白她想說什麼，所以並不怕被拒絕。

果然，劉思玉微擰著眉頭與林婉道：「婉兒，妳先回去。」

「姐姐！」林婉大概是沒想到劉思玉真的會趕她走，當即急了。

不過，別看劉思玉平時性情溫和好說話，堅持起來卻是寸步不讓，沒辦法，林婉只得悻悻的走了，臨走前自然少不了用白眼招呼顧晚晴。

顧晚晴對此泰然處之，只當是今天晚上星星多，一閃一閃亮晶晶了。

劉思玉又讓帳內服侍的兩個丫鬟也跟著出去，帳內便又回歸平靜。顧晚晴也不轉彎抹角，直接問道：「今天的事妳聽說了嗎？」

劉思玉的眉間蹙得更緊了些，輕輕點了點頭。

「他會有危險嗎？」

「誰？」顧晚晴問完就跟著皺眉，「妳不問問世子的傷勢嗎？」

劉思玉淺淺一笑，「有天醫在側，世子定會健康安泰的。」

顧晚晴一時無語，其實她對劉思玉未來世子妃的身分還是有點不爽的，可一旦劉思玉當真對袁授沒有丁點問候，她又覺得氣憤，真是沒來由的彆扭。

「他現在應該已回到宣城，世子會另想辦法交差的。」顧晚晴說完見劉思玉鬆了口氣的模樣，心裡又不耐煩起來，但更多的卻是好奇，「妳和傅時秋到底是怎麼回事？他怎麼會出現在妳的馬車裡？」

劉思玉愣了愣，「這些事……妳沒問過他嗎？」

「沒有時間！我還沒來得及問，他就把我放倒了！」提起這個，顧晚晴就氣得牙癢癢的。

劉思玉卻怔了一會，神情中帶著點失望，「是他沒說吧？你們總是有見面的時候，但他……從沒提起過我吧？」

顧晚晴本就有所懷疑，現在更是確定了，「妳是不是對他……」

劉思玉的目光轉向她，微笑，毫無避忌的點了點頭。

顧晚晴呆了一呆，她……突然很羨慕劉思玉。

她很羨慕劉思玉能這麼明確自己的感情歸屬，也羨慕她能承認得這麼爽快。

「我十歲那年，他十六歲，我們一起入宮給太后拜壽，他跟在太子殿下身後，沒有安邦定國之方，滿口胡說笑鬧之言，卻比太子更為光芒耀眼，我從那時起，就喜歡他了。」說起兩人相逢之初，劉思玉的眼中蒙上一層夢幻般的顏色，不過這神采只存在一瞬，便漸漸消散，「不過很可惜，神女有心……襄王卻已情定他人。」

劉思玉說著抬眼，看著顧晚晴笑了笑，「我其實很早就在留意妳了，兩年前還藉母親生病的機會請妳過府醫治，不過那時妳沒見到我。」

「哦……我記得那次……」除此之外，顧晚晴也不知道自己說什麼合適了。她本是來找劉思玉談判的，沒想到談判過程簡單到令人髮指，反而是「回顧過去」這一環節進行得火熱朝天。

「其實他從沒和我提過妳……應該說，我們見面的機會很少，說過話的也不過寥寥數次，不是太后、皇上的壽辰，就是逢年過節在宮中舉辦的慶典，除掉我無法出席的場合，這八年來，我們一共也只見過二十四次，說話……只說過五次。不過每一次我都很開心，回去後都要回憶很久，所以每次都記得的分外清楚。」

此情此景之下，顧晚晴覺得劉思玉只是太缺少一個傾訴的對象，而並非是想要她回答，於是便默不作聲，聽她繼續說下去。

「沒有了。」劉思玉卻住了口。她笑了笑，「就這麼多。他這次回京是入宮做一件重要的事，出宮時遇到了一點麻煩，剛好我經過把他帶出宮來，也知道他想離京，但南下之路關卡重重，他怎能平安返回……」

「所以妳才同意林婉的提議，跟著南下？」

劉思玉又是一笑。

顧晚晴留意到，她說了這麼多，情緒時高時低，卻從未現出過一點後悔之意，縱然是黯然之時，都那麼執著向前。

顧晚晴突然極受觸動，這份感情，傅時秋知道嗎？

她不願意問，她怕問出口來，得到的卻是一個黯然的答案。

這就是命運，與爭取無關，她和傅時秋因時局與身分不能在一起；而劉思玉，縱然她可以爭取，可安南侯府也斷不會同意自家女兒嫁給一個沒有前途的私生皇子，他們更看重的是像鎮北王府這樣擁有實權的潛力股。

或許正因為清楚結局，所以劉思玉甚至連透露的心思也沒有，只是默默的付出，默默的守著他們之間那二十四次見面的回憶。

袁授也會記得他們之間的回憶嗎？

離開劉思玉的營帳後，顧晚晴的腳步稍顯沉重，原來在不知道的情況下，或許已經有人為你付出了他的所有。

顧晚晴本是想再回到袁授那裡去的，可走了沒多遠便愣住，那些巡夜的將士們……她居然忘了營地是要實行宵禁的，她離開袁授那裡，想要回去卻是不可能了。

真笨啊！顧晚晴拍了自己的腦袋一下。正懊惱著，前方過來一個黑影，走得近了顧晚晴才認出那是沈良，連忙迎了上去。

沈良卻是來幫忙傳話的。

「世子說夫人定是忘了宵禁這事，要夫人不要著急，他那邊自有軍醫看護，等明天一早夫人再過去。」

顧晚晴著實有點不好意思了，點頭應下後見沈良轉身要加入巡夜的隊伍中去，腦中一熱快速說道：「你回去問問他，可還記得我們之前一共度過了多少時日？」

沈良顯然對這問題很錯愕，但還是點頭答應，沒一會便隨著巡夜隊伍消失不見。

第一百二十三章

【確定】

目送著沈良走遠，顧晚晴卻沒動，好一會才拍了自己腦門一下，真傻啊！問這種事做什麼？就算要問，也得當著他的面問，不給他回憶的時間嘛。

細想一下，她還真不記得自己和袁授之前一共相處過多少天，能想起的也就是「那一、兩個月」……原來只有一、兩個月……她怔了許久。

時間真短。

為什麼她會覺得過了很久似的？

顧晚晴試著把他們相處的日子算出來，可想來想去也想不清楚，那時候袁授並不是一直跟著她，有時候會跟著葉明常回千雲山，這麼說來，他們實際相處的時間更短嗎？

顧晚晴突然覺得有點不開心了。

一直以來，她都覺得袁授對她好，視她為自己人是應該的，因為他們不僅是「舊識」，還有著別人無法比擬的親密關係，可直到此時她才發覺，原來她所想的「親密」，不過只是一、兩個月的相處時間，或者更短……

已經是四年過去了啊！相比起來，那兩個月的時間似乎可以少到不計了。

顧晚晴緩緩的轉過身朝自己的營帳走去，她實在不該視袁授對她的好為理所當然，她甚至沒為他做過什麼事。

「夫人！」

就在顧晚晴快要回到自己營帳的時候，刻意壓低的聲音自遠處傳來。顧晚晴回頭看了看，離得遠看不清楚，但在這裡會這麼叫她的應該是沈良。

怎麼這麼快又回來了？難道真的問出答案了？

顧晚晴又走回去，在一個帳篷的陰影處站著一個穿著副將鎧甲的身影。

「太麻煩你了……」顧晚晴不好意思解釋自己只是頭腦發熱的胡鬧，正想好好道個歉，卻在看清來人的相貌時低呼了一聲：「你！」

「五十五天……」藏於陰影下的袁授扶著帳篷的支杆，輕輕的一笑。

顧晚晴連忙上前扶住他，「你不要命了！」

「還是五十六天？」袁授反問了一句。

顧晚晴一愣。袁授好看的長眉微微攏起，「如果單算日子的話，是五十五天，但是我覺得有一次在京裡我見過妳，又不確定……在千雲山之前，妳見過我嗎？」

顧晚晴不可避免的想到有一次在天波樓前，一個小野人從酒樓裡衝出來占了她的便宜後瘋狂逃竄的事，這事在她記憶中印象鮮明，怎麼會忘？

「先進帳再說。」

顧晚晴把袁授扶到自己帳中，對尚不知情的葉顧氏簡單解釋了幾句。葉顧氏見袁授身上有傷，連忙讓出床鋪，而後又藉口去和同行的幾個嬤嬤夜話家常，給他們留出空間。

顧晚晴扶袁授坐下，看他小心翼翼、時而又齜牙咧嘴的倒吸涼氣，突然覺得無比氣惱，替他解下鎧甲時有意用力了些，袁授終是忍不住叫了一聲，她白了他一眼，這才放輕了手上的動作。

「下次再不知死活，我不如早點弄死你！」她說得咬牙切齒。

袁授卻還是糾結著之前的問題，「妳之前見過我嗎？」

他這模樣，顧晚晴就算有氣也撒不出來，只好點點頭：「見過。」

袁授馬上高興起來，「我就知道，所以我一直是按五十六天來想的。」

顧晚晴愣了愣。袁授見她錯愕的模樣，笑了笑，「這四年加在一起，也沒有之前一天過得快樂。」

落寞卻執著的樣子，顧晚晴剛在劉思玉身上見過，此刻又見了一回。

「對不起……」她忍不住的心疼，這三個字忍不住說了出來。

袁授坐在床邊偏了偏頭。「為什麼道歉？」

「你離開之前，我對你很不好，讓你那麼傷心，我一直想道歉的。」

袁授笑笑，「不是道過歉了嗎？」

說完，他看著顧晚晴不太理解的目光，扯了扯身上的衣服。他穿著的只是普通的中衣，不過顧晚晴明白了他的意思，他指的是她做給他的衣服。

「那怎麼算……」

「那就再給妳一次機會。」他忽然認真起來，微仰著頭看著她，微微噘著嘴。

顧晚晴的臉上頓時又是通紅，「哪有次次都是我主動的！」

「好好……這次我來……」袁授看起來很樂意主動，但他的動作過於遲緩，因為背部不敢用力，連站起來都是個很大的工程。

「坐好！」顧晚晴捏了捏拳頭，半蹲在他面前，臉上已紅成一片，抬頭吻了過去。

兩唇相接之時，顧晚晴只覺得唇上又熱又麻，而袁授也不再滿足於簡單的磨蹭，輕輕的吸吮舔蹭，也不知是誰更大膽了些，終究唇齒糾纏，難分難解。

顧晚晴覺得自己的呼吸萬分急促，全身無力，雙腿軟綿綿的，早已蹲不住而改為跪坐在地上。

袁授因為她高度的降低不得不調整姿態，難免牽動了傷處，可他捨不得放開，還就著她一路低下，最後兩人幾乎已半躺在地上，直到顧晚晴回擁他時觸到一手的黏膩，才猛然驚醒。

「你的傷口裂開了！」顧晚晴又羞又憤，也不知哪來的力氣一口氣把他送回床上去，強制著讓他趴好，伸手就把他的中衣扯了下來。

數十條傷口齊齊裂開的場面很壯觀，又讓顧晚晴咬了咬牙，勉強運起已近枯竭的異能伸手撫了上去。不過因為之前替他療傷異能使用過度，半天也沒什麼效果，她也不再一味的依賴異能，起身拿過藥箱，取出天醫金針，消毒下針，動作麻利而嫻熟。

以針刺穴讓傷口附近的肌肉收縮，可以起到很好的止血作用，只不過傷口迸裂的疼痛是難免的了，顧晚晴還想教訓教訓他，讓他吃吃苦頭，可看他的神情竟似沒事人一般，目光一轉，顧晚晴又見到他小臂上的那種咬痕，心下一黯，這麼多年他在軍中受過的責打傷勢定然不少，所以他才能如此淡然處之吧？最後，心疼的倒是她了。

「你這麼偷溜出來沒事嗎？要是孫將軍發現了……」

「他很清楚我的傷勢。」袁授毫不擔心。「我現在傷成這樣還能去哪？他不會起疑的。」

顧晚晴輕按了一下他的傷口附近，不滿的說道：「還能去哪？你不是來這了嗎？」

「因為我想告訴妳答案啊。」袁授趴著，偏著臉枕著自己的手臂，過了一會才看向她。「其實妳不用和我道歉，不管妳做過什麼，都不用和我道歉，永遠都不用。」

這樣的話，怎會如此動聽？

顧晚晴沒有回答，坐到床邊去拉住他的手。「你怎麼回去？」

「嗯？」袁授愣了一下，「我、我還得回去嗎？」居然結巴了。

顧晚晴咬咬牙，「你早打算不回去了是嗎？」

「我是想明天早上再讓沈副將來接我……」他一邊說，一邊小心的要爬起來，有點心虛。不過起至半途，他好像明白了什麼，馬上急著說：「妳別誤會啊，我沒、沒別的心思，就是想和妳多待一會……」

「呸！」顧晚晴臉又紅了，她也沒什麼意思啊，他都傷成這樣了，就算有那心，也沒那個啥啊……

「你以後……不用再回憶以前了。」同袁授一仰一俯的躺在床上，帳內的燈火已然熄滅，四周一片黑暗，顧晚晴卻毫無睡意。「也不用再記日子了。」

「為什麼？」

袁授的呼吸吹在顧晚晴耳邊，弄得她癢癢的。

「以後，我來記。」

到此時，顧晚晴終於確定，她是喜歡袁授的。

如果不是喜歡，她不會邁出那一步；如果不是喜歡，她不會為他心疼、為他落淚；如果不是喜歡，她怎會願意抱他、吻他……

這是顧晚晴真正意義上的第一次戀愛，她也不明白什麼是「愛」，是「喜歡」嗎？還是「很深很深的喜歡」？不過這些都不重要，重要的是，她明白了自己的心意。

說是感動也好，說是被動回應也好，總歸她現在是喜歡的。

「晴……」袁授的聲音近得過分了。

「別再擠過來了！」

「冷……」

「不准趴到我身上！」

「抱……」

「下去下去！」

「親親……」

「……唔……」

葉顧氏頭一晚在隨行來的幾個嬤嬤那擠了一晚，早上天剛濛濛亮就起身往顧晚晴的營帳去，在帳外又見到了已經比較熟悉的沈副將。

沈副將見了她也是鬆了口氣，「麻煩嬤嬤請世子起來，我們得儘快趕回去。」

帳子裡有顧晚晴，沈良自然是不便打擾。葉顧氏點了點頭，掀簾進了帳子，一進來就隱隱聽到一些聲音，轉到帳內的屏風之前探頭一瞧，又連忙縮回頭來，臉上已有些微紅。

屏風後的兩人雖然膩得厲害，但也聽到了有人進來，連忙分開，顧晚晴更狠掐了一下袁授的腰側，忙不迭的拉好自己的衣服。

這小子，得寸進尺那一套很嫻熟啊！

「娘。」顧晚晴穿好衣服繞過屏風，見到葉顧氏時，臉又紅了。

葉顧氏卻已經緩了過來，她對顧晚晴和袁授本就持撮合態度，現在見到他們這樣哪裡會不開心？當下取笑的看了顧晚晴一眼，便又轉進屏風之後。

袁授也已經起來了，穿著中衣，鎧甲放在一邊。他本來是想出去的，但見到葉顧氏進來，連忙轉過身去，葉顧氏也是過來人，如何不曉得他現在可能會有的狀態？當下又轉出去，叫顧晚晴進去幫他著裝。

「本是光明正大的事，怎麼弄得偷偷摸摸的？」待他們穿戴完畢再次出來，葉顧氏微有不滿的瞪了袁授一眼，「雖是軍中，但你們是夫妻，難道有規矩不得同帳？」

顧晚晴囧囧有神，昨晚她被占的便宜夠多了，娘啊，咱慢慢來行不……

第一百二十四章

【同居】

葉顧氏當然不是閒著沒事說這話，而她這話的意思也很快被袁授領會，離開顧晚晴的帳子沒多久，他就穿著世子專屬鎧甲與一些隨身物品被大張旗鼓的送了過來。

這軍營裡孫將軍說了算，誰住在哪自然也得聽他的，送袁授過來原因有二，一是放在天醫身邊方便養傷，二是天醫兼具世子側妃的身分。世子此次前來只是撫軍，並不需要遵從軍營不帶家眷的規矩，既然是一家子，住在一起也就沒什麼了。

葉顧氏自然是高興的，連忙迎上去接東西，袁授歪在單架上裝無辜，目光時不時的瞟向顧晚晴的脖子。顧晚晴漲了個紅臉，脖子上他昨晚啃的一個印子還沒消呢，她還特地找了條絲巾繫著擋上，要不然可笑死人了。

袁授藉著傷勢名正言順的住進了顧晚晴的帳子，葉顧氏自然要挪地方。看著葉顧氏收了幾件隨身的衣服就要走，顧晚晴再大的羞意也沖淡了，一邊扯著葉顧氏不讓她走，又一邊瞪著袁授。

袁授著實招架不住，也是有點欠考慮，葉顧氏在顧晚晴心目中的地位無人能比，就算是他，也得掂量掂量啊，當下表示會向孫將軍要求在帳子旁邊再立新帳，給葉顧氏一個溫暖避風、離著又近的住處。

顧晚晴這才緩了臉色，不過仍是沒鬆口，「帳子搭好了，我檢查合格了娘再去，要是不合格，你就去住！」

袁授還能說什麼呢？當下催著沈良快去和孫將軍交涉。孫將軍別看面冷心硬，但在這些小事上總算是給足了面子，到了下午，葉顧氏就拎包入住新居了。

送葉顧氏安頓好，少不了又要跟葉顧氏撒撒嬌，得了她幾句取笑後，顧晚晴紅著臉回到帳中，便見褪去鎧甲的袁授斜倚在床邊，見了她，眼中馬上現出無限期許。

顧晚晴自然知道他在期許什麼，明明之前還很害羞的，可一旦開了竅，就像色鬼附身了一樣，恨不能有空閒時都要膩在一起。

顧晚晴雖然不討厭兩人之間的親密，前世也沒少從網路上接觸過觸壘的東西，但親自上陣畢竟是首次，別看之前她還幾次主動的親吻袁授，可一旦反過味來，認清了自己的感情之後，反倒難為情起來了。

「交差的事計畫得怎麼樣了？今天算一天，還有九天，你到時候交不出人，又得挨鞭子了。」顧晚晴倒也不是有意轉移話題，而是這事一直擱在她心裡，讓她十分擔心。

「放心吧，我都有安排。」袁授簡單的答了一句，而後又眼巴巴的看著她。

顧晚晴只當沒看到，坐到桌前做藥，她這次來也不是乾吃飯的，是有任務的。

這裡的將士都是自小在北地長大，對南方濕冷的冬天極不適應，許多將士都生了凍瘡，還有一些水土不服得了胃病的，都是她和那些大夫來的首要治療目標。

她剛到這裡的時候就有軍醫過來向她彙報過一些將士的情況，她便依著這些症狀先做些大眾成藥有備無患，這兩天已然成形，要不是出了袁授這事，她早就隨著那些大夫正式下軍營去看診了。

「妳在幹嘛？」袁授鮮少閒著，雖然知道顧晚晴也有工作，但不知道具體事項是什麼，此時看她時不時的從一些瓶瓶罐罐中倒出些東西混合，又拌又揉的，像在和麵，挺好奇。

「做蜜丸。」顧晚晴沒停下手裡的活，從一個瓷罐中把煉好的蜂蜜都倒在盛著藥粉的瓷盆中，而後用沸水煮過的竹筷慢慢攪拌。

看了軍醫們送上來的將士症狀後，她對這些將士的身體已有了一個客觀的瞭解，大概是因為身在行伍，三餐難以定時定量，所以隊伍中得胃潰瘍的人特別多，再一水土不服，這就犯病的犯病，沒病的添病，著實讓他們折騰個夠嗆，所以顧晚晴現在做的是針對胃潰瘍的一劑蜜丸成藥。

其實做蜜丸還是有些麻煩的，顧晚晴也是得了空閒這才自己動手。她先把白術、浙貝、白芨、烏賊骨、元胡、廣木香、參三七等藥物按比例混合後隔火烘焙，而後研磨成粉，再把蜂蜜加熱熬沸到中等黏稠，才算是做好了準備工作，可以進一步的調藥、和藥。

顧晚晴現在做的就是和藥，把蜂蜜和藥粉充分攪拌均勻，這可不是件簡單的事，需要相當的臂力，如果在京城自然有人工攪拌機，可在這裡，只能自己動手了。

這些事在前幾年的學習中顧晚晴接觸得極多，做起來自然得心應手，雖然攪拌工作枯燥費力，但趁著這時想想藥方可否還有完善之處也是不錯，漸漸的顧晚晴把精神全投注在拌藥之上，全然忘了帳子裡還有另一個人。

顧晚晴做得專注，袁授那邊看得也專注，只不過他看的是人，目光灼灼，又常常恍神，似乎沉浸到回憶之中。偶爾見她停下甩甩手臂，他便又會心一笑，卻不曾出聲打擾她。

袁授在顧晚晴這紮了營，雖然他行動受限，顧晚晴也不許他隨便亂來，不過總能等到敵人疏忽的時候，甜頭自然嚐了不少，兩人的感情也是一日千里，如膠似漆了。

轉眼三天已過，有顧晚晴的照顧加上日子舒心，袁授的傷痊癒得很快，已是能自由起身了，不過還是不能做太大的動作，以免結痂再次開裂。

顧晚晴的藥丸也做了幾批，今天就想拿給顧思德讓他去軍中試試。

待顧思德來取藥丸時，顧晚晴少不得詢問叮囑，細心的程度讓袁授失笑，「別問了，不如一起去看看？」

顧晚晴自然是想去軍中看看，自從學上醫術，她也領悟了那麼點濟世為懷的偉大情操，但是放心不下袁授，在這點上她承認，她重色輕職了。

「擔心什麼，我也去啊。」袁授說著話已經起身，指著角落堆著的鎧甲要顧晚晴幫他穿戴。他這幾天都有人全程VIP服務，沒辦法，誰讓人有傷在身呢。不過顧晚晴可不會事事順著他，現在也是，那堆鎧甲至少也有五、六十斤重，正常人穿著都喘不過氣，何況一個傷患？

於是顧晚晴為他穿戴了棉袍和五色裘皮。袁授本就生得英俊挺拔，穿上軍裝自是英姿颯颯，披起裘皮來也是貴氣十足，但在這鐵騎軍營之中，難免顯得有些文氣，寬大的裘氅又將他精瘦有力的身軀包得嚴實，更看不出他在軍中歷練多年的本錢，倒像個無所事事來軍中視察的閒散貴族。

監視著顧晚晴同樣把她自己也包了個嚴不透風後，袁授這才滿意的點點頭，示意出發。

這裡駐紮的軍隊有前、中、後三軍，前軍為先鋒營，中軍為孫將軍所在的主力兵營，後軍則是物資營。其中中軍又分成東、南、西、北四營，顧晚晴所在之處是東營，也是人數最多的一處，東營由八名將軍統領，加上孫將軍的護帥軍，一共九路兵馬，顧晚晴這次去的便是其中一位將軍麾下的精英團。精英嘛，無論在什麼時候都是受重視的。

精英團的校尉姓韓，年紀在二十七、八上下，生得孔武有力，塊頭比袁授整整大出一圈，不看別的，只看他穿著全套的精鋼鎧甲還能在挑戰者的長矛下閃避自如，就知道他戰力不凡了。

顧思德這幾天就在這精英團裡看病，知道一些趣事此時便說與顧晚晴聽。

原來這精英團有一個特殊的傳承習慣，別的團都是三百人整編，而他們團是一百人，一百人的編制，卻養著一百一十名額，有十人是準備隨時候補的，這十人無論何時都可以向正式團員挑戰，挑戰成功後自動接收那個位置的兵餉待遇。正因如此，韓校尉被挑戰的次數最多，而失敗之人則會成為候補，若兩個月下來不能成為正式團員，就會被送回原有部隊，想要加入這精英團，只能再等明年選拔。

顧晚晴聽著挺有意思，士兵突擊啊？不知道選拔的內容是什麼樣的。她這興致盎然，難免朝正在比武的校場內多看了兩眼。

走在前面的袁授卻一個勁的催促她：「一群新兵，有什麼好看的？」

「嗯？」顧晚晴看向顧思德，「不是從部隊裡選出的嗎？怎麼又是新兵了？」

顧思德不是軍隊裡的人，但這事也不是什麼機密，知道的倒也不少，「王爺在這裡駐軍已有些時候了，許多百姓都前來徵兵入伍，裡面倒是有些會武藝的，大概有幾個被選送到這裡了。」

顧晚晴點點頭，又追上袁授，笑道：「你眼神還挺好的啊?掃一眼就知道有新兵?原來的人難道你都認得?」

袁授嘿嘿一笑，「我的本事妳又知道多少?」

不知怎的，明明聽起來很純潔的一句話，卻讓顧晚晴有點臉紅。

袁授說這話的時候大概是很純潔，但此時也福至心靈了，瞄著顧晚晴臉上的紅霞彎了彎脣角，想說什麼，又掃了下四周，忍住了。

兩個人這麼一說話，在通往醫帳的路上就耽擱下來。顧晚晴正為剛才的事自我反省的時候，突聽一聲暴喝：「就是他!我選他!」

第一百二十五章

【挑戰】

那聲音是自校場中響起的，顧晚晴起先也沒當回事，可袁授身邊的沈良卻是臉色一變，轉身就擋到了袁授一側。袁授卻是伸手把他擋開，朝校場方向望去。

校場中，除了全副武裝的韓校尉外，另有一個穿著青灰圓領薄棉袍，頭髮散亂的年輕男子，從他身上的灰土與一身的腳印看來，剛剛在韓校尉手下沒討到什麼便宜。

那男子的模樣倒是不差，有幾分英挺，但神情中滿是不服與忿然，好像受了多大冤屈一般，見袁授望過去更為大聲的喊道：「彼之長處吾之短處，韓校尉勝之何武？是漢子便以射技相搏，韓校尉不是說這場內的人員任我挑嗎？我就挑他！」

韓校尉向袁授這邊掃了一眼，沉臉與那人道：「你武術根基疏淺，只憑著一些巧技便目中無人。我的確說過，精英團全團上下任何一人的射技都要強於你太多，不過他並不是我精英團團員，你且重新選過吧！」

那男子卻是極為不屑，「我們這些布衣入伍自然是入不了諸位大人的法眼，可縱然沒有信心，大人也無須砌詞欺騙，除了那些軍醫，本團校場豈是普通兵士可以出入的？」

顧晚晴聽到這裡心裡才有了些眉目，原來是這人挑戰不成心生忿恨，覺得韓校尉成心打壓他們這些新兵，不想讓他們一展所長，這才指了袁授指名挑戰。

可袁授此時的裝扮根本不似個軍人，就算那人說的有理，也斷不該看不出這一點，顯然就是有意如此，說不定還是看準了袁授衣飾華貴，覺得他是個手不能抬的貴族子弟，才想約戰一場給韓校尉找個沒臉，故而出言相激。

袁授聽了這些話後並未說什麼，沈良卻是惱了，上前兩步大聲喝道：「韓校尉，沈良願下場一戰！」

顧晚晴看著袁授的神情，似乎也有點蠢蠢欲動的意思，不由得沉了臉，「你也想去？」

袁授先是一喜，而後瞄著她的臉色問得小心翼翼：「行嗎？」

「你說呢？」顧晚晴反問。

「不行。」袁授馬上回答，以示自己的機靈。「我們走吧。」

袁授的態度引得隨行的幾名將士驚愕之餘又不免偷笑。顧晚晴不想他在屬下面前太過沒臉，就沒怎麼再說他，隨著顧思德等人去了軍醫大帳。

顧晚晴之前見過主帥大帳，已覺得過分寬大，此時進入軍醫大帳，頓時覺得主帥大帳不算什麼了。大帳內每隔兩丈便立有圓木為柱支撐帳頂，顧晚晴粗略數了數，帳內的圓木竟有二十多根，醫帳的面積也差不多有三、四百平方米的樣子，外側看診，內側則以粗布隔成了單人隔間，充作臨時病房。

不過醫帳雖大，此時帳內卻只有兩個大夫，每人身前都站了一些將士排隊看診，還時不時的有一些較量時受了傷的送進來，兩個大夫當真是忙不過來。有一個見了顧思德回來連忙招呼，又見到顧晚晴，免不了寒暄兩句。顧晚晴也不和他們客氣，逕自尋了個桌子便擺攤子開診。

帳內等候的將士們有的是胃痛，有的是凍瘡，還有的是舊傷又犯，都不是什麼急症，所以才乖乖在這排隊。他們冷不防的見走進來一個嬌美如花的天香佳人，個個都愣在那裡。

軍營中本來就看不著女子，何況是這麼漂亮的？不過能在精英團待著的就算是候補也是定力十足，不會過分失態，再看旁邊跟著的袁授，想到那傳說的天醫大人世子側妃，一個個更不敢起什麼歪念，不過心中卻是懷疑，這小娘子嬌嬌弱弱的，真是個大夫？

雖然人人都知道顧晚晴是天醫，可在見到她的時候，難免會懷疑她的醫術，這麼年輕貌美，是憑什麼手段當上天醫的？

這種疑慮顧晚晴這幾年見得也多了，雖然面前無人，倒也不著急，轉頭與袁授小聲說道：「我是擔心你的傷勢，比武什麼時候都行，不過你現在負傷，難免影響發揮。」

她這是怕她剛才臉色太嚴厲，讓袁授心裡不舒服。豈料袁授輕鬆的笑笑，「我知道。」然後就老實的坐在顧晚晴身邊，陪她坐診。

可坐了一會，包括顧思德在內的三個大夫都忙得團團轉，顧晚晴這還是門可羅雀。

面對這種情況，顧晚晴早就適應，但袁授可不適應了，冷著臉瞪視著那些排隊的將士：「這邊！」

礙於袁授，那些將士無法拒絕，只能過來排隊。有兩個最靠近顧晚晴這邊的大嘆倒楣，本還想這次王爺從京中調派了神醫能一舉治了自己多年頑疾，此時卻要給一個嬌嬌女當試驗品了。

顧晚晴哪裡不曉得他們的心思。她淺淺一笑，指著一個貓著腰捂著心窩的年輕兵士道：「胃痛那個，你過來。」

其他的將士馬上給那人閃出條道來。那人滿臉的倒楣樣，無可奈何的走了過來。等走到顧晚晴面前時他極為無奈的說道：「天醫大人，我是心痛。」

那人此言一出，馬上坐實了顧晚晴空有其名。

袁授長眉一挑，「說你哪痛你就是哪痛。坐下！」

顧晚晴忍著沒白他一眼，拿起桌上的脈枕隔桌點了點那人的上腹、胸窩一帶。「這痛？」

那人乖乖點頭。

「夜晚頻發？」

點頭。

「牙膛冷寒？」

點頭。

「打嗝反酸？」

還是點頭，不過那兵士的神色卻已由訝轉奇，「天醫大人何以知道？」

顧晚晴也不多和他廢話，「除靴。」

「啊？」

顧晚晴招招手，示意其他將士動手。那些人許是訝於顧晚晴說的都對，有些人也是想看這人的笑話，當即幾個人上前按著他，把他的靴子脫了下來。有人一邊施暴還一邊嘻嘻哈哈的說：「大柱挺住，別讓你的臭腳熏到天醫大人。」

何大柱擔心的也是這問題，當兵的本來對衛生事宜就有點顧及不周，現在又是冬天，更不可能每天洗澡。偏生他還是個汗腳，一到冬天更為嚴重，腳上因不乾爽生了凍瘡，味道難聞不說還腫脹難看，且不說他懷不懷疑顧晚晴的醫術，只說他一個大夥子要當著這麼一個美嬌娘的面出醜，從心理上就接受不了。

不過就算不能接受，靴子還是脫了，何大柱閉著眼睛大呼倒楣，任由那些個損友將自個的腳抬到桌面上。

顧晚晴自然也聞到了那不適的味道，卻並未現出什麼大驚小怪的神情，自顧自的將桌上的銀針消毒，又取了濕巾在何大柱的腳板上擦拭幾下，無須比量，準確無誤的將細長銀針送入他一、二足趾間趾縫下的穴位之中，輕輕捻旋。

何大柱正閉眼等著受死，卻耳聽著身邊消停下來，睜眼一瞧，顧晚晴那明美的容顏正在面前，專注的捻旋著銀針，絲毫不為旁事所動。

何大柱就算平時再驍勇善戰，但哪經歷過這種陣仗，臉上一紅便要縮腳回來，冷不防顧晚晴一聲輕喝：「別動！」他身子一顫，竟真的不敢動了。

沒過多久，顧晚晴將銀針拔出，一邊問道：「胃還疼嗎？」再抬眼看看他，見他臉上一片緋紅，不由得一愣。

何大柱此時又羞又窘，在一眾將士羨慕的目光中收回腳來，「不痛了不痛了，天醫大人神乎奇技！」

顧晚晴笑了笑，「腳上的凍瘡多泡熱水……」

她這話還沒說完，旁邊的袁授已接著道：「這裡條件艱苦，恐怕難以日日供應熱水。」

顧晚晴看過去，見他脣邊含笑，眼中滿滿的讚賞，不由得面頰一熱，低頭轉回去。「是我考慮不周了，你先拿些枯鈒回去每日塗灑，先緩解腳汗，以免凍瘡加重。」這話是對何大柱說的。

而後顧晚晴又拿了幾劑自製的蜜丸成藥給何大柱，他是慢性胃炎，乍到南方吃食不服這才急性發作，這些藥也只是治標不治本，但此處環境有限，也只能先治標了。

露了這麼一手後，眾將士看顧晚晴的目光都有所改變，爭著排到這邊來。同樣的無關醫術，雖然褻瀆不得，但悅目也是好的。

顧晚晴一下子就忙碌起來了，等她擠個空閒回頭看袁授的時候，卻見身後空空如也，人早就不知去了哪裡。

顧晚晴惦記著他的身體，本是想讓他先回去，現在不見了人自然著急，她讓那些排隊看診的將士先去顧思德那裡，然後就出了醫帳。

此時時將近午，顧晚晴不覺間坐了一上午，冷不丁出來被太陽一晃，頭有點暈暈的，卻也還是循著來路往回去，遇著個人就問：「可見到世子了？」

當即有人替她指了方向，「去校場那邊了。」

顧晚晴皺了皺眉，快步趕往校場，才剛剛鄰近，便聽校場之中暴出陣陣叫好之聲。顧晚晴正苦於沒有這些將士高大看不見裡面，就見沈良揮著手向她打招呼。

顧晚晴急著過去，還沒發問，就見之前向韓校尉挑戰過的那個年輕人滿面傲色的持弓向四周抱拳致謝，而百步開外的箭靶之上，正中紅心的釘著一枝長箭。

「這有什麼好誇耀的？」顧晚晴雖然也知道這箭的難度，但顯然也沒大到要全場歡呼的程度。

沈良知道顧晚晴沒有看到前情，當即解釋道：「這是在箭靶前十丈處吊一銅錢，箭矢穿錢而過正中紅心。」

顧晚晴瞪目結舌，竟有這種神技？

沈良笑笑，「的確不易，不過……」

不過什麼，他並未說完。這時那邊校場之中又重新換了銅錢靶位，百步之外，一道瘦長的身影正低頭撥弄弓弦，英挺沉穩，正是袁授！

第一百二十六章

【妳的男人】

顧晚晴之前已經料到他到這邊來做什麼，但見他真的上了場，心裡又忍不住的惱怒，傷才剛有起色，難道把她早先說的話都當了耳邊風嗎？

只是此時想要攔阻卻是已經晚了，不說袁授還沒有開弓，只說眾目睽睽之下，袁授應約上前，若因她一個弱女子的干預便棄約不比，那還是最為丟臉的。

不過，縱然顧晚晴沒有上前攔阻的意思，臉卻已沉了下來，一旁的沈良見了不由得暗暗叫苦，如果不是他在估量自己的射技能否取勝之時稍有猶豫，世子也不會親自下場，說起來卻是怪他的。

顧晚晴沒理會沈良的一臉苦色，重新將目光移回校場之內。

袁授此時的裘皮大氅已然除下，只穿著深青色圓領夾絲棉長袍，前襟衣襬繡著銀色升騰雲紋，腰紮三色錦帶，腳踏褐色軟羊皮長靴，陽光映照之下，乾淨溫暖又不失貴氣，身姿挺拔得有如一桿標槍。

他輕撫弓弦之時，有將士將裝有箭矢的箭筒繫在他的腰側，他輕一點頭鬆開弓弦，調整箭筒後，單手抽出一枝長箭。搭箭開弓，動作極緩，開弓後卻沒有一刻停頓便鬆了弓弦，「嗖」的一聲，長箭離弦而去，便又聽「叮」的一響，箭尖敲在靶前的銅錢之上而後入靶，可，卻是沒有正中紅心！

顧晚晴的心驟然提了起來，而後便聽對面一聲嗤笑，雖不知是由何處發出，但顧晚晴卻見到了之前挑戰的年輕人，再看靶前，那吊著的銅錢赫然在目，正飛快的旋轉著，竟是也沒有被箭矢穿下！

顧晚晴眉頭收緊，她可不管什麼挑戰，只擔心袁授能否接受這一結果，並打算出場告知眾人袁授有傷在身一事，可還沒等她有所動作，便見袁授自箭筒中又抽出一箭，同樣的搭弓便射，此箭剛出，另一長箭已然蓄勢待發，只見他不慌不忙出箭入弓，動作乾脆俐落沒有絲毫花式，不覺得多快，長箭卻不間斷的枝枝遞出，竟成首尾相連之勢！那邊銅錢翻響九聲才做了終結，長箭穩穩的正中靶心，箭頭上穿著的，正是那枚早已被擊打得變了形狀的銅錢！

顧晚晴……呆若木雞。這……是袁授？

不只是她，整個校場也是肅然一片，雖然袁授這九箭只有一箭正中紅心，可其他八箭也俱在靶上，更別提那箭箭相連之技。而對面適才面露不屑的挑戰之人，此時早已傲氣盡去，只知怔忡發呆了。

「世子威武！」

沈良振臂一呼過後，震天價響的呼聲頓時響起。他極為興奮的說道：「我跟隨世子三年有餘，世子這『九星連珠』我也只見過一次，實在令人嘆為觀止！」

他這是對著顧晚晴說的，顧晚晴卻還在發呆。

那邊袁授面色肅然的解了箭筒，又將長弓交給一旁將士，動作隨意瀟灑，不見絲毫痛楚之意。他轉頭朝這邊走來，這才看見顧晚晴，身形微滯後，面上寒色已去大半，信步走近後歪頭一笑，「妳的男人，還過得去吧？」

他的聲音並不像其他男子那樣低沉，相反還帶著一絲稚音，平時裡在下屬面前裝酷都是刻意壓低聲線的，但在顧晚晴面前則省去了這一遭，所以時常讓顧晚晴產生他還小的錯覺，可此時卻是給了顧晚晴極大的驚愕，原來……真是他啊……

剛剛那句話他並未放輕聲音，周圍一些聽到的將士起鬨聲更甚。顧晚晴也知道軍營之中雖然軍法極嚴，但將士私下相處時講的卻是肝膽相照，起鬨自然不算什麼，明知這些，可她還是紅了臉，連忙低頭，卻被袁授一把抓住手腕，帶出了校場。

袁授拉著她一路走向醫帳，顧晚晴震驚過後也猜到他定然傷勢加重，一路上少不得運用異能為他療傷，雖然異能對外傷的作用不算大，但終究可以起到一定止血止痛的作用。

兩人進了醫帳後，顧思德等人還在忙著，袁授腳步停也沒停，直接朝大帳內側的布簾隔間而去，又朝後吩咐了一句「在外守著」，沈良便麻利的住了腳充當起守衛。

「疼……」進了布簾隔成的單間裡，袁授哪還有什麼英明神武的世子形象？扯著顧晚晴就往竹榻上倒。

顧晚晴差點沒氣歪了鼻子，拇、食二指用力一擰，已讓他鬆了手。她沒好氣的道：「你這個色胚，小命就快不保了還想著不正經的事情！」

袁授摸摸鼻子，也知道是賴不掉了，乖乖的除去外衣趴到榻上，一副任君宰割的模樣。

顧晚晴本來有一肚子的教訓等著他，可掀開他的外袍後見了那滲著血跡的繃帶，又訓不出來了，逕自出去尋了藥物、剪刀、繃帶等物，默默的為他擦換。

「下次不敢了……」半天沒聽到教訓，袁授悶著頭道歉，說完就覺得後背一陣火辣辣的疼，他「哎喲」一聲回過頭去，眼睛還沒瞪起來，氣勢就在顧晚晴的注視下盡數散去。

「剛才手重了，下次不會了。」顧晚晴也道歉。

袁授乾笑兩聲，「不疼，真的，妳再按按。」

顧晚晴不理他，他又道：「都是沈良的錯，要不是他太不中用，也不用我親自下場了，要不然他輸掉了，我們鎮北軍的面子都丟光了。」

袁授說得正氣凜然，守在外頭的沈良默默流下兩行寬麵條似的眼淚……他錯了，他真的錯了，他應該和那人力拚的，而不是抱著想要必勝的信念，稍稍猶豫了一下……

「聽說你今天展示的叫『九星連珠』？」顧晚晴並不是不講道理的人，她擔心袁授的傷勢是一回事，但為了維護軍隊的名聲毅然應戰又是另一回事。氣也氣了，罰也罰了，總不能揪著不放。

「是啊……」袁授回頭瞄了一眼，見顧晚晴臉上沒什麼惱色，這才放了心，笑道：「好看嗎？」

「好看，沒想到你現在是個神箭手了，到了戰場上，定然讓人聞風色變……」顧晚晴處理完他裂開的傷口，又讓他坐起來包紮繃帶。

「哪有那麼誇張。」袁授抬起雙臂方便她纏繞。「這個『九星連珠』就是看著花俏，實戰中講究一招致勝，頂多再補一箭。射了九箭才直中要害，人早就跑沒影了。」

顧晚晴聽著倒也有理，輕輕點了點頭，突然嘆了一聲，又讓袁授緊張起來。

「我是覺得，我好像瞭解你太少了。」看著他的神情，顧晚晴失笑，之前的緊張氛圍終於如數消散。

袁授伸手攬住她的腰抱在自己身前，「那有什麼好急的？妳想知道什麼，我一件件都告訴妳。」

「還是讓我自己慢慢發現吧。」顧晚晴想推開他繼續包紮，手卻沒了動作。

「等會再包。」袁授的面孔埋在顧晚晴胸前蹭了蹭。「省得一會還得重包。」

顧晚晴一愣神的工夫，人已被拽到竹榻上。這幾天他們每天同榻而眠，顧晚晴自然知道他打的什麼主意，可這裡與外間只隔了一層布簾，說話大聲點都會被外邊聽到，當然不好意思任他胡來，硬挺著身子不讓他按倒。只不過想到今天他當真令她刮目相看，心裡又有點驕傲自豪，當即環著他的頸子吻了他一記，當作安撫。

袁授相當苦悶，這幾天他身上有傷擔心發揮不好，所以一直沒有更進一步，可手上、嘴上的便宜他是怎麼占都不嫌多的，恨不能把她全身都沾染上他的氣息才好，剛才在醫帳裡那些將士雙眼放光的圍在顧晚晴身邊，他已經忍了好大一通了，最後是實在氣悶又不想壞了顧晚晴的心情才避出去，現在只有他們兩個，他哪裡又忍得住？迫不及待的想要宣示所有權了。

不過他們相處時，敗下陣來的永遠是袁授，看他沒精打采的耷拉著腦袋坐在竹榻上，衣服也只是半披著沒穿好，顧晚晴忍著笑戳了戳他的胸口。「剛想說你讓我大吃一驚，結果你還是那個沒長大的阿獸，讓我怎麼放心……把自己交給你。」說到最後，聲音已微不可聞。

可袁授還是聽見了。

沒有嬉笑，袁授居然還怔了怔，好一會，喜色才漸漸染入他的眼中。

「妳……不走了是嗎？真的決定要我了，是嗎？」

顧晚晴微感恍惚。

原來他並不像這幾天表現的這麼自信，在他心裡，竟還是擔心她會隨時離開的。是她讓他產生了這種錯覺嗎？

「我是個很死心眼和怕麻煩的人。」顧晚晴想了想，緩緩開口，「做了決定，就不想改變了。是，我就要你了。」

說完了這番話，顧晚晴突然覺得心裡一鬆，好像有什麼放不下的事終於放下了。而出乎意料的，袁授並沒有什麼過於興奮的舉動，怔怔的看了她一會，起身穿戴齊整，轉身撩開布簾大步踏出，面色深沉的朝外走去。

顧晚晴愣了愣，這……是什麼意思？難道說……反而是他反悔了嗎？

這一想法讓顧晚晴心中微緊，連忙追出隔間，卻見袁授嚴肅的站在顧思德桌前，沉聲道：「給你一天時間，把我背上的傷治好！不要耽擱了我的大事！」

第一百二十七章

【年關】

大事？

大事個頭啊！

顧晚晴走過去，「世子既不放心我的醫術，那就請世子移居顧大夫帳中，以方便將養吧。」那面色肅然的，比袁授裝得更像樣。

袁授只是太興奮了，此時哪還敢造次，連忙表示不必了，又陪著顧晚晴在醫帳內坐診直至月色初降，這才回了自己的帳中。

連接幾天，袁授都只是陪著顧晚晴到處看診，眼看十日之期已過大半，顧晚晴也沒見他交什麼人給孫將軍，當下又擔心起來。

袁授自己卻是渾不在意，還振振有辭的說道：「這麼麻煩的事，怎麼能提前完成？最好再挨一次鞭子，在下次期限之前交人才最穩妥。」

還挨鞭子？

顧晚晴才一皺眉，袁授又道：「不過挨鞭子的代價太大，這次還是不挨好了。」當下不知溜到哪去想主意，日落天黑才回來。

又過兩天，顧晚晴便聽說偷了那圖紙的人已然落網，上交到孫將軍處消息卻又被壓下，此後再無聲息。

「你交了個什麼人上去？」顧晚晴好奇得很，回到帳內便迫不及待的打聽。

袁授傷勢漸癒後也已開始接手處理自己的公務，但仍是住在顧晚晴這邊，此時顧晚晴回來，他正坐在桌前看書。

「想知道？」袁授放下手中書卷，斜睨著顧晚晴，指尖輕輕點了點自己的唇。

顧晚晴白了他一眼，回過身去到爐邊拎起水壺倒了盆熱水給跟了自己一天的葉顧氏洗手，臉上卻微微紅了，再迎上葉顧氏揶揄的目光，更是大羞，自顧自的到屏風後換衣了。

葉顧氏並未在帳內久留，朝袁授努了努嘴便出去了。

袁授自然明白，葉顧氏剛出去他就竄到了屏風後頭，不管顧晚晴的花拳繡腿，連抱帶拉的連偷幾個香吻，而後咬了下嘴角，稍稍猶豫了一下。

「妳想知道我就告訴妳，反正妳以後也要知道的。」袁授突然鬆了手坐到床上。「是我二哥的人，已經死了。我沒有明說，但給出的線索已夠孫將軍查到他了。」

顧晚晴一怔，袁授的二哥袁攝是劉側妃的兒子，顧晚晴以前見過幾次，但都沒有交談，只記得那人與劉側妃一樣常常微笑，待人也比較和氣。

「為什麼……」顧晚晴咬了咬下唇沒再問下去。

還用說嗎？袁授一早已說過了，他要交的人定然是那些看他不順眼、是他仇家的人，至於他兄弟間為何有仇……

「不僅如此，上次……我們的事，也一併栽了他。」袁授說這話時神色十分平靜，不過他一雙銳眼緊緊盯在顧晚晴面上，似乎不想放過她任何神情。

顧晚晴想了想，才反應過來他指的是什麼，定然就是鎮北王壽辰之時他們「被下了藥」，而發生的那件事。

依著鎮北王的脾氣，如果這兩件事都坐實了，袁攝的下場可想而知。

一定是有仇怨的，一定是他害過袁授。顧晚晴強忍著不問出口。

袁授卻淡淡一笑，「妳不必為我想藉口，根源便在於我世子這個身分。我失蹤十年，本來有些人是有機會的，可有朝一日美夢成空，少不得會做些雞鳴狗盜之事。不過他運氣不好，迄今為止他並未動到我的根基，可我卻是要對他斬草除根了。」

他說話時仍是之前的神情，眼中的冷酷倒有三分是真的，顧晚晴沒來由的打了個冷顫，可再看去，看到的卻是他深沉之下的軟弱掙扎，當下上前一步將他的頭抱在懷中。

她不知道自己該說什麼，只是覺得有點恐慌，今日之事越發讓她覺得自己瞭解袁授瞭解得太少。

是啊，四年了，袁授回到鎮北王身邊已有四年，一個不知世事的野小子突然成了尊貴的鎮北王世子，多少人眼紅？多少人不服？要不是王妃有制約鎮北王的條件，恐怕這對母子都沒辦法順利的度過這麼多年吧？

什麼是狠毒？什麼又是寬厚？拿她自己來說，當年的白氏母女想尋求更安穩的生活難道有錯？但在她看來，便是要占取自家的利益、破壞自家的家庭，所以她片刻不緩的把她們打發給了顧宇生，到泰安帝南下，顧家化整為零，顧宇生自顧不暇，再回城，卻是再沒有白氏母女的消息了。

她們不可憐嗎？

顧晚晴也覺得她們可憐，但卻絕無救助她們的可能。人生在世，總要為自己的決定付出代價的，做一件事之前就要想到相應的後果、最壞的後果。

現下看似袁授無情，可若他不行動，誰能保證將來被栽贓陷害、身陷囹圄的，不會是他呢？

袁授可是說了，袁攝的失敗是源於他「運氣不好」，可不是他不願意下手。

想到這裡，顧晚晴淺淺一笑，「藉口就藉口吧，像我顧家不過世代醫學之家，當中都有無數巧取豪奪無法見光的手段，何況你鎮北王府？再說，我與袁攝不過數面之識，你卻是我的丈夫，有什麼道理我不為你想藉口，卻要為那袁攝說話呢？」

事有緩急，人有親疏，但凡是人總要有私心的，顧晚晴不介意自己有這點私心，至於普澤萬民之事，這擔子太重，還是讓廟裡的菩薩擔當重任吧。

「妳這麼想，我很開心。」袁授卻並不像之前那樣喜形於色，長長的呼了口氣，身子一仰，任自己摔到床上。

「小心傷！」

顧晚晴慌忙去拉他，袁授笑笑，「早不疼了，這點傷實在是小意思。」

這天晚上兩個人睡得都不太好，顧晚晴是心生感觸，袁授則一直擁著她，直到她迷糊過去，姿勢都沒有變過。

次日醒來，兩人都默契的不再提起此事，依舊各自忙碌。

時間轉眼便到了十二月中旬，已是年關將至了。

這是顧晚晴這幾年來頭一次在外面過年，還是在軍營之中，難免有些期待和好奇。

袁授觀察幾天下來，猜到了一些她的心思，不由得取笑道：「但凡駐守在外，每當逢年過節的時候都要提防敵軍偷襲，是軍中戒備最嚴之時，就算有慶祝，也是故布疑陣而已，我們可是出來打仗的。」

顧晚晴得了取笑自然不會饒過他，不過心裡總是可惜，這可是他們在一起的第一個春節呢。

不過，雖說是節日全免，但到了日子，對軍中將士少不得會大大嘉獎一番。於是二十三小年這天，袁授一早便出去發放雙餉，又特別犒賞了幾位之前建有軍功的將軍，酒是沒有的，但全軍上下熟肉管夠，也算是員工福利了。

袁授忙了一天，顧晚晴這天也沒閒著，上午照例去各營坐診，下午難得放了半天假，卻是丟了葉顧氏的身影，雖然知道在軍中不必擔心她的安然，但看不到人，顧晚晴心裡就是覺得不安。

「可忙活完了。」袁授掀簾子進帳，身上還綴了零星的雪花。他穿著一副銀色鎖子甲，未戴頭盔，一頭黑髮只隨意的在腦後綁了個馬尾，帶著滿身的寒氣進帳，卻在門口站定，笑嘻嘻的瞅著顧晚晴。

他總是要等寒氣散盡了才會近她的身，顧晚晴都習慣了，當下拿著手爐過去塞到他手裡，又愁眉不展的道：「娘也不知去了哪裡，我找她一個下午了。」

「我知道啊。」袁授顯得很興奮，當即丟了手裡的手爐拿過顧晚晴的披風、護手等物，等顧晚晴穿戴齊整才又將手爐拿給她，拉著她出了營帳。

「去哪？」顧晚晴見沈良牽來袁授的戰馬思晴，更為錯愕，難道葉顧氏還能走到營地之外去？

「賣了妳。」袁授說著扶她上了馬，接著一個竄身坐到她身後，朝沈良交代道：「若是有事便依著之前的法子通知我。」

沈良低頭稱是的時候，他們已策馬而出了。

顧晚晴心存疑惑，卻也乖乖的縮在袁授懷中看他到底搞什麼鬼，快出東營之時她的眼角忽然晃過兩個熟悉的身影，側頭看去，卻是劉思玉與林婉。

顧晚晴已經好久沒見過她們了，本來以為自己早出晚歸的碰不到也是正常，可想到林婉那沒事找事的性子，居然這麼多天也沒來找過麻煩，簡直是一個奇蹟。不過現在看來，原來不是她不想過來找麻煩，而是不能，看她們剛剛的樣子，像是住在東營。

「劉姑娘她們是什麼時候搬走的？」

袁授低頭瞥了她一眼，「老早的事了。把林婉留在妳那邊早晚是個麻煩，我就與孫將軍說，讓他另整了一個女眷營，她們在這與劉造當鄰居，要是哪天劉造心願達成，還得謝我呢！」

顧晚晴無語，她早聽說了劉思玉她哥哥對林婉的一片相思之情，可林婉的心思又有誰不知道？袁授這也是變相的躲人吧？

「到底去哪？」顧晚晴又問了一句。

「找娘啊。」自顧晚晴明確的表示留下，袁授對葉顧氏的稱呼也有了改變，叫得無比順口。

顧晚晴知道他這是在到達目的地前不會說實話了，當下也不再問他，逕自縮到他的大氅下休息一會，反正總會到的。

可不曾想，這麼一瞇眼，便是一個多時辰，中間只停下歇了歇馬。顧晚晴算了算，依思晴這速度，他們現在至少離軍營也有二百里以上了。

因為戰亂，以宣城和圍軍為中心，方圓百里內村鎮的百姓全都四處避難，自然難見人煙，可這裡卻是不同，雖然距離還遠，但顧晚晴已然見到遠處那簇簇燈火，隱約還有鞭炮聲傳來。

第一百二十八章

【驚喜】

看著遠處的村子，顧晚晴半轉了身子仰了仰頭，「你到底唱的哪齣戲？」

袁授低低一笑並不回答，打馬行至村子之外，翻身下馬，又伸手上來接顧晚晴下去。

乍一離了他的胸膛，顧晚晴被寒風激得打了個哆嗦，袁授連忙除了毛皮手套握上她的手，才一觸及又馬上鬆開——雖然戴了手套，但走了這麼遠的路，他的手簡直和冰塊沒什麼分別了。

顧晚晴反手拉住他的手，拉至唇前哈了哈氣，又為他搓了搓手。袁授就一直笑，任她施展，也不著急，終於等他的雙手稍稍回暖，他這才又拉著她的手，兩人一馬緩緩的走進村子。

此時雖已入夜，但今天是小年，不少百姓都在自家門前的路上掛了彩燈，又有許多半大的孩子在村間小路上燃放煙花鞭炮，倒也十分熱鬧。

顧晚晴與袁授加上一匹高頭大馬，一進村子就引起了他們的注意，一個十三、四歲身材健實的少年跑過來，張口便問：「你們找誰？」

這樣的小村子一般只有幾十戶人家，村內的百姓全都相互認識，此時見了生人，自然要有防範意識。

顧晚晴看向袁授，袁授笑道：「請問袁家怎麼走？」

那少年打量了一下他們，憨憨一笑，「你就是袁家二哥吧？打完仗回來了？」

顧晚晴聽了這話當下一愣，再看袁授，臉上笑容不變，居然還點了點頭。

「我就是，不過仗還沒有打完，此次我是帶了媳婦回家探親的，過段時間還得走。」

說話間又有幾個孩子圍過來，想看思晴，但又害怕，躲在那少年身後探頭探腦。

袁授失笑，「不妨離近點，思晴很聽話，不會傷人的。」說著他拍了拍思晴的脖頸，思晴打了個響鼻，晃了晃頭後，慢慢悠悠的跪下身體。

那些孩子見這馬威風凜凜卻又這麼聽話，全都十分興奮，最後是那最先說話的少年帶了頭，小心的摸了下馬鬃，手還沒收回，就聽不遠的一戶院門處一聲凌厲的喝止：「阿胖！不准亂動人家的東西！」

那少年的手一哆嗦，一個身圓體高穿著粗布棉袍的農婦已奔上前來，伸手便拍了阿胖一個巴掌，猶自怒道：「我和你爹是怎麼教你的！」

阿胖癟了癟嘴，不過看得出已經習慣了，並不怎麼當回事。

顧晚晴忙解釋道：「這位大嫂誤會了，是我們讓他碰的。」

那農婦又將他們上下看了個遍，正想開口，阿胖已在旁道：「他是袁家的二哥，回來探親的。」

「什麼？」農婦看看袁授，「你就是袁家二郎？」轉眼間之前的戒備一掃而光，喜上眉梢。「今兒你娘可也來了，這是要全家聚在這過年？」

袁授點點頭，「是啊，不知他們住在哪裡……」

「我帶你去。」她說著，已趕了那些孩子回家，在前頭帶路了。「你叫我程大嫂吧，我男人和袁家大郎交情不錯，時常進山去打獵的。」

「哦？」袁授笑著說：「程大哥的獵術一定不凡。」

「差遠了。」程大嫂笑呵呵的，「大都是和大郎學的。大郎也真出息，自他來了咱們村子，那些的痞惡霸可不敢再來了……」

程大嫂邊走邊說，絲毫沒有生疏之意，讓本就摸不清狀況的顧晚晴更是好奇得抓心撓肝的，到底是什麼狀況啊？

心裡著急還不能馬上發問，顧晚晴只能把氣撒在袁授身上，一路挨著他手，狠手可沒少下，袁授卻是一直笑咪咪的和程大嫂說話，好像絲毫不覺。

沒一會，幾人走到從村頭數來第七戶人家門前停下，程大嫂抬手便拍門，「大郎，你弟弟回來了！」嗓門大的，半條街的人都聽得到。

顧晚晴沒防備，又跟得緊，被這聲音震得縮了縮脖子，抬頭就見袁授眼裡的笑意，還沒等她反擊，又覺得手上一緊，卻是袁授捏了捏她的手。

這是幹嘛……

顧晚晴還沒反應過來，那邊院門已然打開，就著門口掛著的彩燈，一張稍有扭曲的面孔現了出來。突然出現，顧晚晴差點後退一步，好在袁授一直拉著她，她也得了袁授的事先提醒，怔了一下便已恢復如常，並沒有做出什麼失禮的舉動。

袁授朝她笑笑，而後鬆開她，上前兩步迎向那人，低聲叫了句：「大哥。」

那人顯然也有些激動，與袁授互擁了一下，用力捶了捶他的後背，繼而大笑出聲，「好兄弟，走，進屋！」

那笑聲高亢清亮，讓顧晚晴十分意外，本來看他的輪廓，還以為他是一個中年人。

程大嫂見袁授果然是「袁家二郎」，這才放了心，拒絕了袁大郎的邀請逕自走了，顧晚晴則跟在他二人身後進了院子。這一走動，顧晚晴才發現袁大郎的腿腳不太俐落，一條腿稍短，走起路來有些踮腳。

眼看他們快進屋了，顧晚晴連忙提醒袁授，「思晴怎麼辦？」

「隨便牠去，過幾天牠自己會找回來。」袁授說著，拉過顧晚晴為她介紹道：「這位是左東權，我最好的兄弟。」

這個名字顧晚晴聽得陌生，確定袁授從未提起過。

那左東權卻是意味深長的看了袁授一眼，「我現在是袁大郎，別胡給我改名字。」

袁授笑著點頭。

左東權又問：「就是她？」

「是。」袁授陡然收起嘻笑之色。「如果她有什麼不測，那我也活不了了。」

如此沉重的話語驟然而至，顧晚晴的手指剛剛一緊，便見左東權同樣鄭重的點了點頭，「曉得了。」

「他到底是誰？」左東權轉身進屋的時候，顧晚晴扯住袁授急問：「你為什麼帶我來見他？」剛剛袁授的語氣，很難不讓她產生什麼不好的聯想，眼下大戰在即，難不成……

「不要亂想。」袁授又恢復成一副輕鬆的樣子。「東權是我以前的副將，我初入鎮北軍中之時，便是他負責教導我一切課程。後來他因傷退役，不願回朝為官，便來這裡隱居。妳別看他走路不穩就小瞧他，真動起手來，我不是他對手。只不過他這個人有點死心眼，我不那麼和他說，他是不會像重視我一般重視妳的，只是有備無患罷了。」

看著袁授臉上的笑容，顧晚晴卻笑不出來，她總覺得袁授的笑容十分牽強。心中一動，她不由得問道：「他的傷……是為你而受的？」

袁授眼中瞬間閃過一絲痛惜，點著頭，笑容淡了許多。

袁授無疑是在為左東權感到惋惜，顧晚晴卻是萬分心驚，袁授去的是鎮北軍中啊！那是他父親的軍隊，他身為世子，固然是前去受訓，又怎會遇到那樣的危機？左東權的功夫比他還要好，卻仍是受了那麼重的傷，要是真的傷在袁授身上……

「這沒什麼。」袁授順了順顧晚晴的髮絲，「我現在只是個世子，真正的歷練還在後面。」

顧晚晴的心裡又是一揪。

是啊，他現在只是世子，有朝一日鎮北王登基為帝，他就是太子，他有三兄、四弟共七個兄弟，就算少了個袁攝，還有另外六個，到時明槍暗箭，只怕更是防不勝防。

說話間，已停了半日的小雪又飄了起來。兩個人對視一眼後便不再說話，轉身進了屋子。

左東權的這間農舍很寬敞，有五間正房，兩側又有倉庫和廚房，他自己住未免有些空曠，不過現在袁授他們來了，立時就熱鬧起來。

顧晚晴進了屋後並沒見到葉顧氏，一問之下，卻是葉顧氏顛簸了一下午到了這後又忙活著包餃子，包完餃子有點乏了，就先回屋歇著，囑咐說如果顧晚晴來了一定要叫她起來。

顧晚晴卻沒有照辦，這段時間都是住在營帳，怎麼也不如屋子舒適，現下可以讓葉顧氏趁機休息，她當然不會打擾葉顧氏。

左東權到廚房去煮了餃子端給他們吃，也不等他們吃完，就朝袁授道：「你要的房間準備好了，那邊第一間。」他說著朝一個方向指了指。「我明早還要帶村裡的人起早趕集，先睡了。」

袁授擺擺手，對著顧晚晴有點焦躁的目光神秘一笑，「先吃，吃完了就帶妳去。」

顧晚晴倒也是餓了，當下不顧什麼形象大吃一頓。

當顧晚晴吃完了水餃後，袁授伸手抹抹她脣邊的油漬，接著拉她起身出門，來到了第一間屋子之前。

「我先進去，妳數上二十聲，再進。」袁授把房門拉開一道小縫，側著身子擠了進去，又囑咐道：「別偷看啊。」

顧晚晴忍不住翻了個白眼，不過還是依著他，慢慢悠悠的數了二十聲。

「我進去啦？」顧晚晴出聲示意，卻沒得到任何回應。推了推門，房門應聲而開。

房內燒著爐火，卻並未點燈，顧晚晴叫了聲「袁授」，仍是沒有得到回答，無法，她只好藉著爐火中星點的光亮走到桌前。看桌上隱約有蠟燭的影子，又摸到了火折，吹了吹，將蠟燭點燃。

燭火亮起的一剎，顧晚晴怔了一下，朝四周張望，在不太明亮的燭光映照下，滿眼的紅。大紅的綾絹鋪就身前的桌面；神明桌的牆面上喜字高懸，紅底描金的龍鳳火燭左右而置；綃紅的幔帳，漆朱的床架……這竟是一間婚房。

想到袁授之前的種種神秘，顧晚晴會心輕笑，心底的喜悅感動再無法壓住，叫了聲「阿獸」，卻是連聲音都有點發顫了。

袁授卻仍是悄無聲息。顧晚晴點起那對龍鳳燭，屋裡登時亮堂了許多，看著那低垂的紅帳，顧晚晴含笑前去，她預期著掀開紅帳後袁授會撲出來問她驚不驚喜。有心想逗弄他，所以在掀開紅帳那一瞬間，顧晚晴人已閃到一旁。

沒人……沒人撲出來。

怎麼會沒人？

顧晚晴連忙到床前再次掀起紅帳，卻又是嚇了一跳，袁授哪裡是不在？他不僅在，而且躺得好好的，一床繡著錦繡鴛鴦的大紅喜被蓋到鼻尖，只露出一雙星亮的眼睛和一把披散於紅綢之上的如墨長髮。

看著那泛著光暈的紅綢與髮絲，顧晚晴突然覺得有些口乾，「你……」

她的話還沒問出口，便見袁授快速的眨了眨眼睛，「我是一隻待宰羔羊，不要憐惜我，來吧！」

說罷，一把掀去自己身上的喜被！

第一百二十九章

【其他的事】

袁授這段時間一直受制在顧晚晴的魔爪之下，雖然也是甘之如飴，但總想挽回點面子，掀被子之前他還得意洋洋的，這回可能嚇她一跳了，等她害羞轉過臉去的時候他再趁機撲上去……

等了半天，被子是掀了，光溜溜的膀子也在外露著，可顧晚晴雖在，卻不僅沒轉過身去，還頗有興趣的打量著他的胸肌，一點迴避的意思都沒有。

迎著她那雙清美含笑的眼睛，袁授臉上莫名的燒了起來。他極緩的挪動手指將被子往身上扯，意圖將剛剛露出來的胸膛再遮回去。

顧晚晴最初也是嚇了一跳，不過在最後一刻捕捉到他眼中的笑意，生生的忍住轉過身的動作，似笑非笑的看著他欲蓋彌彰之舉，差點笑破了肚子。「遮什麼遮？你有哪裡我沒見過？四年前就看光了。」

袁授本來就不是什麼臉皮薄的人，這幾年在軍中更是練就了一副銅頭鐵面，幾次向顧晚晴表白，甚至在得到回應的時候他也只是欣喜若狂，臉紅卻是極少。可今天就因為這麼兩句話，他便面上紅雲升騰，羞不勝已了。

袁授終是把被子如數扯回全裹在身上，全身上下只有頭露在外面，看著顧晚晴，乾巴巴的眨了眨眼，竟是不知所措了。

顧晚晴心裡笑到翻天，卻是強忍著，「你不給我解釋解釋嗎？這……」她指指房內擺設。「是怎麼回事？」

袁授見她轉了話題，本是鬆了口氣，可張了張口，解釋的話卻是怎麼也說不出來。這只是他內心所想。他是想娶顧晚晴為正妻，但礙於種種限制，他無法完成這個願望，便只能私下自己給她個正式的婚禮。

他這事預謀的不是一天、兩天了，幾乎是在顧晚晴確定了心意後，他就連夜派人過來通知左東權布置一切，早打算好了小年這天帶顧晚晴過來，但事到臨頭，這些話他卻是無論如何都說不出口。

他是個男人，應當竭盡所能為她爭一個身分，為何只能要她委屈遷就？縱然她信了他、依了他，可對外，她仍只是他的側妃，永遠不是能堂堂正正站在他身邊的人！

一旦他們回到京城，那個極重身分地位的地方，他今日所做種種便不過是個笑話！他為什麼不能給她正妃的名分？為什麼只能偷偷摸摸的操辦這一切？為什麼要看旁人臉色來讓她委屈？不！袁授藏在被下的雙手緊攥得指節泛白，總有一天……

「阿獸？」顧晚晴自然知道袁授布置這些的心意，她很受用，也猜到了接下來會發生的事情，適才那麼問，只是讓袁授有機會再次表白一番，而後順水推舟……可沒想到他怔了一下後臉色陡然變得難看起來，讓她未免多心。「可是軍中有什麼事沒處理好？」

她的聲音聽在袁授耳中，瞬間讓他放鬆了雙手。看著她面露憂色，袁授不由得有些懊惱，多好的氣氛，被他攪壞了。

「沒事，突然想到一些事，走神了。」

他的懊惱顧晚晴看在眼中，又見他不再提有關新房的任何事情，心中有了計較，不動聲色的坐到床邊，垂目觀鼻。「既然沒事，你去打些水來，我要梳洗更衣。」

袁授此時自己壞了心情，領悟力低了不少，當下從被子裡出來隨意披上外衣下地去打水，完全忘了剛才害羞那回事。

因為時節的關係，現在的屋子都燃著暖爐，爐上溫著水方便取用，免了他出外受凍的麻煩。

一盆溫水打來，顧晚晴指著窗邊，「你去那邊，不要偷看。」

其實他們之間雖還沒有正式成為夫妻，但早就住在一處，平日裡梳洗換衣之時他二人都少不得有掐掐人揩揩油的舉動，哪用得迴避？但今天袁授心裡有事，居然乖乖的聽話，轉身去了窗邊。

不會太久的……袁授盯著近在咫尺的窗稜，默默的盤算著心裡的事，疏忽了身後傳來的窸窣之聲。又過了一陣子，他披著的衣服被人從後扯掉，轉身之時，一件大紅袍服罩在了他的身上。

袁授看清身上的衣服，才一皺眉，目光已轉至顧晚晴身上，當場怔住。

本來既已備了喜堂，新郎、新娘的喜服自然也是全套備齊，只不過袁授臨時改了主意，不想給顧晚晴再添委屈，所以並未提及此事，可此時，眼前的顧晚晴卻是盛裝而立，紅絹嫁衣外是繡著五彩雲朵的璀璨霞帔；頸間掛著天官鎖制式的純金頸圈；一頭打散的長髮簡單的在腦後綰了個圓髻，頭上卻是頂著繁複的鎏金垂珠鳳冠；面上原有的淡妝已如數洗去，卻顯得她的眉更清，眼更明；未施口脂的兩片紅唇輕輕抿住，似笑，非笑，越發的引人遐想無際。

顧晚晴本就是極為明麗的容貌，雖然未加粉妝，但在鳳冠霞帔映喜燭的襯照之下，雙頰微醺千嬌百媚的模樣，硬是讓袁授看了半天，也沒回過神來。

「這套衣服，是為我而備的吧？」顧晚晴輕輕開口，喚回了袁授的神智。

袁授只覺得自己的心跳得飛快，身子莫名的熱了起來，不過一思及之前的顧慮，他的頭是無論如何也點不下去，停在那半晌，也沒有什麼答覆。

顧晚晴也不生氣，走到窗邊與他肩並肩的站著。她低頭看了看霞帔上的錦繡花紋，抬指輕撫，緩緩說著：「也不知是哪家姑娘的手藝，若是不用，豈不可惜？」

袁授的目光移到她的霞帔之上，果然見繡工精美細緻，也不知左東權是從何處尋來的……正想著，又聽顧晚晴低聲說道：「你的心意我明白。我不知你現在為何這樣，不過，我承你的情。我不是那種能與眾多女子共侍一夫的人，將來你若是另娶他人或是鍾情於他人，我定會淡出你的視線，不與旁人爭寵，我一直都是這樣的心思。」

「可今天，我又改了主意。如果你不後悔，我們便以明月為證拜堂成親，將來無論多困難，有多少人反對，我都會與你一同面對。」

袁授聽得怔怔的，忽又見顧晚晴抬起頭來，明美的眼中滿是永往直前的決心與堅定，他當下心頭一熱，鼻子竟有些發酸……怎麼可能？他怎會鍾情於他人而離她遠去呢？

「還要考慮？」見袁授一直不言語，顧晚晴瞇了瞇眼。「決定請趁早，做好了決定才好做其他的事。」

其他的事？袁授眼睛一亮，立時將顧晚晴半遮在身後推開窗子，擋去大半寒風。

窗外，細絨的雪花還在飄著，月亮遮在烏雲之後只露出淺淺一角。袁授回頭看看顧晚晴，顧晚晴則對他暖暖一笑，當即兩人攜了手跪於窗下，遙望著那一角月亮，默默的交拜叩首，直到起來，也未再有一句交談。

「快關窗，冷死了。」

顧晚晴起身後抱著雙臂便後退至爐旁取暖。袁授之前的抑鬱心情早已煙消雲散，關了窗後笑嘻嘻的挨到她身側，「其他的事什麼時候做？」

顧晚晴臉上一熱，又不想讓他取笑，有意板起臉來道：「你剛才怎麼不說話？說，有沒有在心裡發誓要一輩子對我好？有沒有發毒誓如果負我，就腸穿肚爛死於非命？」

袁授也板起臉來，嚴肅的搖頭，「沒有，都沒有，我只是想那其他的事要怎麼做，哪還有心情想其他？」

顧晚晴本就是有意消遣他，這種誓言她在電視劇裡聽得多了，哪還真的放在心上？就算袁授說出來，她也不會怎麼高興感動，又怎會計較他現在的玩笑之言？當下她也學著他笑嘻嘻的樣子轉身走向床邊，「那你想到沒有？沒想到就不繼續哦～」

看著她嬌美的身形，一切似乎都沒什麼不同，可又有什麼不同了。袁授此時終於鬆開了自己緊握的雙拳，心裡說不出的欣喜滿足。什麼腸穿肚爛死於非命？若能一死了之，豈不是太便宜他了？應該讓他受盡世間痛苦折磨，卻又不死不活煎熬一生那才可以。

到底喜歡她什麼呢？袁授不知道，他只知道，沒有她的每一天都像在做惡夢，心都在打顫。直到他收到顧明珠的信，知道了她的動向，惡夢才日日消滅，他不止一次想過回來找她，可他沒有能力，只能從那每月一封的隻字片語間尋找她的存在，然後就是瘋狂的學習、練功。

四年，左東權屢屢有感於他的拚命奮鬥，可他所知也不過百一，只有袁授自己知道這四年是怎麼熬過來的，每天吃飯、睡覺的時間都被壓縮至最低，他連病也不敢生，除了學習就是學習，他瘋狂的吸收著外界給予的一切知識，學說話、學做事、學揣測人心，四年時間，未有一刻間斷。而讓他堅持下來的動力，無非就是回京，再和她在一起。

是的，在一起。僅有的相處時光在他腦中迴旋不下萬遍，每一次回想，他都覺得溫暖一分，他念著她幫他、救他、教他、甚至打他、罵他，他還念著她的笑容、她的懷抱，她的歡喜嗔怒，越想，越覺得難捨，越難捨就越放不下了。

最初，他只是單純的想回來找她，可不知何時，或許是從信件中得知了傅時秋對她的種種所為後，那單純的念頭已悄然改變，他想和她在一起，像個真正的男人那樣。

現在，他終於做到了！

第一百三十章

【洞房】

已經走到床邊，別看她一派自信輕鬆的模樣，實際上緊張的要死。面對袁授的時候，她總是自然的把自己放在主導的位置上，就算他展現了那麼多的溫柔、耐心、手段、能力，她還是覺得他沒有長大，要不然，剛才怎麼會羞成那樣？

對於袁授的中途變故她是不太明白，但她一早就看到了備在一旁的鳳冠霞帔，猜得到是他的安排，既然已有安排，不用豈不可惜？

最要緊的一點，她也想穿。

穿著鳳冠霞帔正式做他的妻子，這是一個很大的誘惑，也是讓自己踏上一條無法回頭的路。正如她所說，今天之前，她或許可以留在袁授身邊，與他相親相愛，但有朝一日，他另娶他人或者移情別戀，那麼，她是斷斷不會挽留的，就算無法與他和離，離開他的身邊，她也會避而不見，完全退出他的生活。

這是她給自己的退路，但現在，沒有了。

她那麼要求他，便是把自己的真心剖開在他面前，他應了，就是認同她的觀點，如果有一天他要違背，那麼她不在他心裡刻上重重的一筆，絕不罷休！

她心裡的這些事從來沒與人說過，如果她透露出去，定會有人取笑她，有個灑脫的心思卻沒有灑

脫的決心，但這就是她。底線之上，她可以容忍一切，可一旦觸及底線，她就算賠上了自己，也絕不讓那些負了她的人好過

輕輕舒了一口氣，顧晚晴摒下心頭種種悲觀的想法。她對袁授還是很有信心的，這種信心不僅來自袁授對她的好，還來自於她難以壓制的內心激盪。

她理不清自己對袁授的感覺，她知道自己喜歡他，但也明白喜歡是不足以撐起一切的。

他們之前相處的時光雖然難忘，但畢竟時日尚短，那時的袁授靈智未開，也沒有過多的交流，真正的相處也僅是他回京後的短短數月，從見面到成親，再從成親到交心，在現代來說這叫閃婚，他們這一閃，到底能堅持多久，需要的不止是一個人的努力，而是要他們共同去維繫。

顧晚晴輕巧的坐於床頭，她拾起身旁的一方紅巾遮於面上，垂目觀鼻，靜靜的等著一切的發生。

她坐下不久，一桿喜秤探入紅巾之內，輕輕揭起蓋頭，抬起頭，對上的便是袁授那雙閃動著喜悅滿足的眼睛。

四目相對之時，眸光灼灼如華，剛剛還在心中振振有辭的顧晚晴忽然心頭一軟，所有的理智悄然瓦解。接過他遞過來的合巹酒，兩手相挽仰頭盡飲。

只一杯，她便覺得手腳發軟面頰發燙，再看他，燭光之下，他的情神又柔和了幾分，黑如寶石的

眼中似乎充滿了暗示，想到即將發生的事，顧晚晴心裡一慌，低頭避過他的目光。

袁授開始的時候是有些害羞，但不代表他是傻子，此時顧晚晴的表現比她剛剛的主動更為誘人。瞄著她耳根處漫起的紅霞，袁授再不顧其他，扯了身上半繫的紅袍，一把將她抱在懷中，馬上便體會到她身上綿軟無力全依著自己，心中更是癢如貓撓，用力將她抱離地面。下一刻，兩人已摔在床上。

感覺著由裙下探來的手掌，雙目半合的顧晚晴輕咬了下唇，微絞雙腿。

他們同床共枕了這些時日，她一直沒有下定決心把自己交給他，他雖然年少色急，卻也不強求，往往只是她稍顯拒絕意圖，便會知道分寸。這些天來他們固然親密有加，卻也只限於摟抱親吻，他頂多會在她頸間留下一些吻痕，更過分的事，卻是沒有了。

不過今天不同於往日，縱然察覺到她的抗拒，他也不會再有退縮。一手除去了她腰間的綁帶，之後便由下一直摸了上來，途經之處莫不狠狠揉捏，似要將這些時日以來的虧欠全都補上一般。

顧晚晴哪見過這樣魯莽的袁授？連連低呼後不禁有些害怕，身子也更瑟縮了些。可袁授哪肯讓她退？半邊身子壓著她，一手攬著她的腰肢不讓她躲開，目光鎖在她的面上，眸光纏綿，另一手就從她的腳至頸摸了個遍。

觸至關鍵之處，指尖更是流連不去，輕挑慢捻，柔柔試探，又與剛剛的粗魯完全不同，只將顧晚晴逼到低泣出聲，他才難忍的低嘆一聲，俯首封住那兩片渴望已久的紅脣。

此時的顧晚晴腦中又暈又脹，身子也熱到極限，胸口附著的那些衣物險些讓她喘不過氣來，唯一知道的是他的手現下又遊走到了哪裡，做了哪樣下流的舉動，而她又有哪樣的反應，自己的低泣細喘聽到自己耳中，竟像是旁人的聲音。

而他隨後的熱吻更讓她感到了一種陌生的顫慄快感。他們之前親吻過許多次，也有許多情不自禁之時，可沒有一次像現在這樣，像是要死了一樣……

「晚晴……」最緊要的關頭，袁授輕抬起身子，看著她雙目迷離的嬌憨神情。「妳看著我，看清我……我是誰……」說完，他硬忍著身下的疼，直到她的眸中稍現清醒，眼中倒映出來他的樣子，他才猛然瞇了雙眼，精健的腰身堅定沉下，再喘息，卻是情動濃處，再無法自抑了。

他的入侵來得突然，顧晚晴的身子輕輕一抖，腰已經被他緊緊箍住，兩人之間再無一絲縫隙。

「妳咬我啊……」袁授的聲音綿軟無比，尾音含笑，英挺的眉目間盡是輕狂。「我讓妳多疼，妳就讓我多疼。」

這是在調戲她嗎?顧晚晴又羞又痛，也不客氣，一口咬上他的肩頭，他低吭一聲並不反抗，雙手則忙著扯去顧晚晴身上的嫁衣。顧晚晴更是羞到極致，他們竟連衣服都沒全部脫掉，就這麼……就這麼……

「你……你去把燈熄了……」在他的注視之下，顧晚晴說話的聲音都在打顫，一緊張，身體的感覺更加敏銳起來，雙腿已經抖得不剩丁點力氣，正待無力垂下時，卻又被袁授托住，穩穩的纏到了他的腰上。

「我不，我就要這麼看妳。」袁授冷不丁的輕擺了下身子，看顧晚晴逸出急喘後羞臊的以手捂面，唇角不由得翹的更高，又聽她未再乎痛，身下的動作也越發的放肆起來。

不過，饒是袁授精力充沛年少體強，可對著顧晚晴，他一直小心翼翼呵護的人，今朝擁有他怎能不激動萬分？如願以償之時卻是表現不佳，十幾個回合便已腰酥背麻，乍來的顫慄讓他又驚又愕，低聲咒罵一句，卻是再忍不住，草草收兵。

「我……」

擁著喜被跪坐在床上的他萬分懊惱，看在顧晚晴眼中還多了點泫然欲泣的意思。頓時覺得他又好笑又可憐，不過她也知道在這種時候是萬萬不能笑的。待身上的酥麻稍褪，她軟軟的撐起身子伏在他的身後，輕聲說：「謝謝你的憐惜，我實在有些受不住了，腿都在發抖，好累哦。」

聽了這話，袁授雖然仍是難為情，但面子上好過了不少。他回頭看去，見顧晚晴的雙腿果真微微發顫，不由得又心疼起來，反手摸上。

袁授畢竟是個生龍活虎的年輕人，就算首次表現不佳，卻仍有滿滿的餘力。這一摸，卻是又勾起了他心中的邪念，再回頭，這次看到的卻是之前的餘物，紅白交錯的在她腿根處染著，當即腦中一熱，身體的反應竟比想法更快，哪還忍得？

顧晚晴在他身邊自然曉得他身體的變化，驀的臉上一紅，側過頭去，可等了半天，卻又沒等到他餓虎撲食似的進攻，反而是腿上的按摩一直在繼續，抬眼看去，就見袁授早已回過頭去，手上還持續著按揉的動作，嘴上唸唸有詞的：「忍忍，忍忍……」

看他下唇都被咬的反了白，卻還是生忍著，顧晚晴知道他是因為她的話顧及著她的身體，當下哭笑不得，咬了咬牙，不顧矜持的再次貼過去，狠狠一口咬在他的肩上。

袁授最終還是沒有通過他對自己的嚴酷試練，顧晚晴那一口咬下去，他就衝動得不知東南西北，反身撲下來，奮戰再奮戰，終是沒再丟臉，每一次都殺得顧晚晴泣不成聲，就這樣還不滿足。

顧晚晴要是知道自己那一口會引來這麼嚴重的後果，是絕對不會這麼挑逗他的。一夜的時間有限，可她卻經歷了無數巔峰，最後連思緒都模糊了，哪還管他怎麼擺弄自己，不管不顧的睡了過去，這一睡，就是一整天過去。

顧晚晴再睜眼的時候又是晚上了，身上倒是已被打理過了，也換過了中衣，不過身子痠軟得厲害，睜了眼也不願起來。

掃了一眼室內，爐火燒得正旺，桌上擺了幾碟點心，似乎都是葉顧氏拿手的，顧晚晴馬上就餓了。她勉強撐起身子，也不披衣裳，只穿著中衣就下了地。雙腳剛一沾地，一種無力之感頓從腿上傳來，她身子一歪便倒在了地上。

顧晚晴的驚呼到底還是引來了人，最先推門進來的是葉顧氏，見了顧晚晴在地上歪著的樣子臉色沉得嚇人，頭也不回的喝了一聲：「你在外待著！」

顧晚晴越過她向門口看去，就見袁授束手束腳的站在門口，臉上盡是緊張訕然之色。

第一百三十一章

【普通夫妻】

葉顧氏上前扶了顧晚晴，臉上表情沉重。顧晚晴也不知袁授哪裡惹了她，頻頻向門口張望。葉顧氏卻回身過去幾步就到門口把門掩了，隔著門對外道：「多燒點水來，給晚晴沐浴。」

顧晚晴差點沒驚掉了下巴。

自從與袁授重逢之後，葉顧氏對袁授就算再親近，也總是不比以往了，說話做事間總是存著兩分小心與客氣，見她與袁授生氣已是不易，居然還張口使喚他？

「娘，他怎麼氣妳了？」顧晚晴倚在床邊皺著眉頭問。如果不是大事，葉顧氏怎會這麼生氣，這死小子，看她怎麼治他……

葉顧氏回過頭，看著顧晚晴的臉色非但沒好，反而還白了她一眼，瞪得她莫名其妙的。

「到底怎麼啦？」

葉顧氏見她就是不明白，十分氣惱，走過來輕拍了她腦門一下，嗔怒的道：「妳這傻丫頭，他昨天那麼對妳，妳竟一無所覺嗎？」

提到昨天，顧晚晴的臉上「騰」的布滿紅雲。

葉顧氏見她似乎是想歪了，氣得跺下了腳，瞪著她。「別想那有的沒的。他每天都把寵妳愛妳掛在嘴上，結果事到臨頭，不顧妳初夜之痛硬是將妳折騰成這副樣子，妳說他是不是成心的？雖說沒到手是寶，到了手是草，那也不能這麼折騰我女兒，看我饒不饒他！」

葉顧氏的確希望看到顧晚晴和袁授在一起做一對真夫妻，但今早趁袁授出去吃飯的工夫她來看顧晚晴，見著女兒目下泛黑、昏昏沉沉的樣子就忍不住心疼，尤其顧晚晴身上還留了許多印記，經過一晚，青青紫紫的看著嚇人，更讓她十分惱怒，認為女兒是被人強求了去，當下操起水壺就衝了出去質問袁授，當然最後也明白了是怎麼回事，可還是對他的不知節制萬分不滿，這才惡言惡語起來。

看著葉顧氏又急又氣的模樣，顧晚晴心頭一暖，又軟又酸的滋味泛上來，脣角便忍不住的上翹，雙頰升紅的道：「我沒事，我們也是……年輕氣盛……以後會注意的。」

她並沒把昨晚的責任全推到袁授身上，畢竟這事，你情我願，怎麼能這麼沒義氣，全讓他扛呢？不過，看葉顧氏還是很不高興的樣子，顧晚晴馬上轉移話題：「娘，妳為什麼拎著水壺去找他算帳啊？」

葉顧氏沉著臉哼了一聲，「還不是沒別的趁手兵器嗎……」說完自己倒笑了，伸手指使勁戳了顧晚晴的腦門一下，小聲說道：「既然決定留下，就好好過日子，不管遇到什麼溝檻，只要他心裡有妳，就都過得去，千萬別自己犯傻，有些事是要你們兩個一起面對的。」

顧晚晴知道她說的是世子妃乃至於其他側妃、妾室的事，當下點點頭，也不和她說自己已和袁授攤了牌，絕不容忍他三妻四妾的事，省得她又擔心。

在葉顧氏的照料下，顧晚晴沐浴用餐後又躺到了床上，時間本來就不早了，這麼一來更是入了夜。葉顧氏收拾好一切也沒走，繼續留下陪著顧晚晴。

見這架式，顧晚晴就知道她的氣還沒消，當下對袁授寄予了無限同情。她醒了這麼長時間，袁授就趁著葉顧氏去端飯的時候進來和她說了兩句話，然後又被趕了出去，想來是萬分鬱悶。

不過她也對葉顧氏的留下鬆了口氣。如果葉顧氏不來，他們新婚夫婦乾柴烈火的，說不定又做出什麼來，她的身子可是不允許了，就算到時候袁授強忍，她也不會捨得，一來二去的，兩個人倒是難受。

葉顧氏在屋裡陪著顧晚晴有一搭沒一搭的聊天，手裡不住的縫著東西。顧晚晴等身上的力氣恢復了些就從床上起來，走到桌邊一瞧，見是一些用零碎布頭拼縫的香囊，已經做好了幾個，有蝴蝶形和荷花形的，中間塞著一些現成的香粉袋子，看上去質樸可愛。

葉顧氏笑道：「今天一早程大嫂家的小娘子就來幫忙打掃，還送了好些他們自家做的福壽餑餑，大郎要還禮，她說什麼也不要，我就想著反正閒來無事，做幾個香囊給大郎做順水人情。」

顧晚晴奇道：「看來妳對袁大郎的印象不錯？」

葉顧氏點點頭，「那麼忠心護主重情重義的人，我自然喜歡。」

顧晚晴這才知道，葉顧氏原來也是知情的。

葉顧氏繼續說道：「別看大郎樣子凶，臉上又有疤，腿也壞了，但那又如何？看一個人最重要的是看他的人品，就像世子，這麼多年過去了，他一回來還是要找妳，這人品就很好。」

聽她說得極端，顧晚晴失笑，「難道他回來不娶我就是人品不好？」

「那也不是。」葉顧氏手中活計不停。「人品好也有親近和不親近之分，就像以前的那個傅公子，雖然他對妳不錯，但我就是和他親近不起來。他對我們也是一樣，畢竟身分在那裡擺著，要紆尊降貴是比較困難。他以前定然是沒與我們這樣貧苦的人家交往過，在他眼中，妳是『顧家的小姐』而非『顧晚晴』，所以你們分開了也就分開了。畢竟，他還是沒做到那一點，沒能捨棄他的榮華，和妳在一起。」

這是葉顧氏頭一回發表對傅時秋的看法，顧晚晴卻是沒想到她對傅時秋竟是有意見的，當下苦笑道：「娘這麼說也有失偏頗。我們不能在一起的原因有很多，卻沒有一點是有關於不能捨棄榮華的，他決定隨駕南下也並非是為了富貴，而是為了親情。如果說眾多皇子中哪個對皇上留有真情，必然有他一個。」

葉顧氏聽完顧晚晴的解釋後沒再多發表什麼意見，只是點了點頭，「反正我對他也是不太瞭解，只是知道他沒有阿獸這麼好。妳既然已決定和阿獸在一起，就莫要再想著旁人了，知道嗎？」說著臉一板，竟是不講理了。

顧晚晴哭笑不得的點頭答應，葉顧氏這是丈母娘瞅女婿越瞅越順眼，連帶著看別人都彆扭起來了。顧晚晴當下也不再辯駁。

母女兩個又閒聊了一會，同榻而眠。

葉顧氏的氣在第二天顧晚晴恢復如常後便徹底消了，不過少不得叫來袁授耳提面命一番，露骨的話是沒有的，只是叫他「小心」，可憐袁授這個在三軍陣前也未變過臉色的鎮北王世子陪笑討好，拍胸膛保證拍到幾乎吐血，這才算過關。

「聽說初八之後鎮上就會有許多集市，村子裡的人大多會去，我們到時也去看看？」

關上房門，小倆口倚在床上說悄悄話。

「初八？」顧晚晴有點吃驚又雀躍的看著他。「我們能在這住到那麼晚嗎？」她還以為頂多過完年，他們就會回去了。

「妳急著回去？」袁授擁著懷裡的人，輕輕扯了她頭髮一下，又繼續讓指尖在她的髮絲間穿梭，輕笑道：「還聽說正月十五鎮上會有花燈會，妳想不想去？」

顧晚晴喜不勝收，回身撲到他懷裡，「真的？我們能那麼晚再回去？」比起在軍營中的種種限制，在這裡自然自由得多了。

袁授笑得眉眼彎彎，「到時候村裡的人都會拿些自己的東西到鎮上去賣，我想我們也別免俗，從今天開始準備，到時候看我們誰的東西賣得好。」

看他笑著胸有成竹的樣子，顯然心中已有計較，顧晚晴也不點破他，認真的點點頭，「一言為定。到時候輸的人要怎麼辦？」

「當然是任勝者處置了。」袁授歪歪嘴角，一副理所應當的模樣。

「那就這麼說定了。」顧晚晴心中暗笑，她就說嘛，他壓根就還沒長大。「嗯……我有個想法。」她說出自知道左東權的來歷後，心裡就惦念的事：「袁大郎的腿傷，我想我幫得上忙。」

雖然袁授每次提起的時候都是一種「已經過去」的態度，但顧晚晴看得到他的惋惜愧疚，雖然她的異能對一些外傷的幫助有限，但去痛止血、穩固骨骼、重整筋脈還是有效的。

袁授微微一怔，半晌笑了笑，「慢慢來吧，妳的事情，我不想讓旁人知道太多。」

顧晚晴聽罷點了點頭。也對，就算是袁授信任的人，這種事情還是不要隨意外傳的好，就算要治，少不得依託針術之名，倒也不急於這一、兩天了。

隨後的幾天過得很快，沒有在軍中的緊張肅穆，也沒有什麼外出活動，一般人家在小年之前所有過年所需的東西就都備好了，之後就在家歇著等著過年就好。

顧晚晴他們就是這麼過的，每天睡到日上三竿才起，白天就是悠然消遣，有時候幾個人會玩玩葉子戲之類的遊戲，不過左東權太過嚴肅，再熱鬧的氣氛到最後也變得靜悄悄。一次、兩次之後袁授就不帶他玩了，但把他撇到一邊總是不好，葉顧氏便要他帶他們去拜訪程大哥一家。

程大哥家裡人員也不多，一個老娘、三個兒女，除了長女外嫁，家中還有一個十七歲的次女，然後就是那個虎頭虎腦的阿胖了。

人一多，左東權的冰凍體質就沒那麼好用了，兩家人湊在一起倒也熱鬧，最後一商量，乾脆過年也到程家來過，反正離著近，沒什麼不方便。

這麼幾天下來，袁授是懶散得不亦樂乎，每天就是老婆熱炕，完全一副樂在其中的模樣，不過隔個兩、三天他會和左東權消失一陣子，回來就神神秘秘的。顧晚晴若是問起，就要以代價來換。顧晚晴換了一次，又是累的一天沒下地，卻是沒得到什麼正經的答案，只說是在準備去集市的商品。顧晚晴氣結，再不理他。

如果能一直這樣，倒也不差。顧晚晴這幾日時不時的會有這種感慨，她現在越發的希望時間過得慢一點，讓他們晚點回軍中、回京城。

相比起袁授這個世子的身分，顧晚晴有時更希望他是這個村子裡一個普通的獵戶，在這裡他們就像普通夫妻一樣的生活，有說有笑，偶爾拌嘴，不用擔心什麼身分，也不用害怕誰給誰丟了臉，沒有複雜的人際關係和爾虞我詐的陰謀算計，有的只是平靜的生活，這才是她最嚮往的。

但她清楚，這也只能是嚮往。

第一百三十二章

【心事】

閒懶平靜的日子過得飛快，轉眼已是大年三十。

顧晚晴與袁授兩個昨晚又睡得晚了，都稍欠精神的挨在床上不想起來，不過今天外頭的炮竹聲不斷，想再睡也沒法子，無奈只得起身。

「等會。」袁授起來的時候打了個冷顫，阻止顧晚晴跟著起來，直到端了早已冷了的炭爐出去換了新炭，把屋子又重新燻熱，這才挨到床邊來，把手伸到被窩裡取暖。

他的手冰涼又不老實，顧晚晴躲了幾下還是沒躲過，被他握住柔軟之處，身子一麻，人已軟了一半，又見袁授雙眼放光的蠢蠢欲動，輕輕咬了咬唇，還是推開他的手。

「今天有好些事要忙呢，我可不想一整天都沒精神。」

袁授癟癟嘴，不情不願的站好，而後又幫著顧晚晴洗漱著裝，中間少不得連連偷襲，又是耽誤了好大一會才出了房門。

對於顧晚晴連日晚起，葉顧氏早已見怪不怪了，見她出來就去給她熱早飯。因為早已說好了在程家一起過年，所以她們吃過飯後要去程家幫忙。袁授和左東權則穿上了獸皮的坎肩作獵戶打扮，左東權要帶著村民今年最後一次去鎮上的大戶家中送獵物，袁授在家閒了幾天，也跟著去瞧瞧。

吃完飯後他們分頭行動，顧晚晴收拾碗筷時，葉顧氏憂心忡忡的跟過來，上下打量了她半天，眉間的鬱結久久不散。

「怎麼了？」顧晚晴有些錯愕，隨後釋然。「是想爹和昭陽了嗎？我昨天和阿獸說過了，明年開春就把昭陽從邊關接回來，在宮裡太醫局安排個位置給他，雖然一開始免不了做些跑腿打雜的工作，但好歹我們能一起了。」

葉顧氏卻搖搖頭，「不是昭陽的事，是妳。」說著又嘆了一聲，「也是我考慮不周，沒早與妳說，這些天……怕是已經晚了。」

顧晚晴越發的好奇起來，「到底什麼事？」

她們母女雖非親生，可勝似親生，許多話也無須拐彎抹角，當下葉顧氏便指了指顧晚晴的肚子，問道：「現在咱們出門在外，離京千里，妳要是這個時候有了身孕，可怎麼辦？」

顧晚晴一愣。葉顧氏不禁氣結，狠戳了她額頭一下。

「就知道妳沒想過。」戳完，她又忙著揉了揉顧晚晴的額頭。「沒事吧？這可怎麼是好？這幾天你們倒是辛苦，說不定已經有了。」

「不會吧……」顧晚晴著實嚇了一跳，不自覺的摸上小腹，又是愣了半天神，不由自主的也沾了葉顧氏的緊張，開始擔心了。

因為她身負異能，她這一世的身體狀況好得要命，算起來也只有四年前為穩固自己的地位對戰妖道絕塵，那時能力發揮有限，未能及時完全排出毒素，以至於陰天下雨、風雪變天時胸口會偶感不適，怎麼也調理不好，可這卻是無傷生育系統的。

這些天她和袁授也如葉顧氏所說，當真辛苦，那麼受孕一說，倒也不是杞人憂天了。

「如果早想到還可以早做防範，可現在卻是不能再用什麼藥物了……」葉顧氏一臉的嚴肅。「妳自己也小心留意，食物什麼的不要亂吃。最好是觀察一段日子，確定沒有，你們再做防範。」

顧晚晴本來還有點擔心，現在一看葉顧氏的緊張樣，倒笑了，「都沒影的事呢，不用這麼緊張，至於觀察……」她臉紅了一下，「他血氣方剛的，能忍得了多久……」

葉顧氏抿抿唇，本還想拿自己懷葉昭陽時葉明常獨居的例子出來，不過想到袁授的身分，還是沒說出口。她自然是希望袁授對顧晚晴從一而終，但奈何身分差距，顧晚晴現在只是個側妃，將來肯定還是要有正妃和其他側妃的，就算袁授有心，但難免分神，還不如趁著現在只有她自己時好好固寵，要是有了王府的長孫豈不更佳？

葉顧氏想到這裡，又改了口風：「總之小心就是。萬一真的有了，也是好事一樁。大不了讓世子在外尋個莊子給妳住著，等胎穩了或者乾脆生產完再回京，那就穩妥了。」還不用見證袁授大婚的情景，免了顧晚晴觸景生情，真是越想越好。

顧晚晴完全是哭笑不得，推著葉顧氏出了廚房，「快點去程大嫂家吧。」

葉顧氏不再說話，依著顧晚晴，兩人略一收拾就去了程大嫂家。不過葉顧氏心裡總是有了打算，想著等袁授回來就和他透個話，讓他心裡有個底。

顧晚晴和葉顧氏不再提這事，兩人鎖了家門出來沒走幾步就是程家。

顧晚晴要進院子的時候，葉顧氏拉了她一下。村子裡各家各戶的牆頭都不高，在外頭就看得到程大哥程義和程大嫂正在院中打掃院子，兩個人還說著話，前面聽得模糊，後面一句倒時聽得清楚。

「……不說他與我兄弟相稱，只說他那條腿……現在年輕倒好說，將來老了難免是個負擔……」

程義正說著，程大嫂拍了他一下，卻是看到了外頭的顧晚晴二人，連忙出來，笑著將二人迎進去。

程大嫂還是那副熱情爽利的勁，可程義的臉上卻多少有點僵硬。顧晚晴雖然不知發生了何事，可他們剛剛在談論的定是左東權無疑，心裡難免有些不舒服。都說左東權對村子裡貢獻大，與程家更是交往甚密，這夫妻兩個怎麼背著人說長論短？

「不是說要去鎮上嗎？程大哥怎麼沒去？」顧晚晴雖然心裡不適，臉上卻也不露半分，仍然帶著溫和的笑意。

程大嫂笑道：「早上織娘有點不舒服，他就沒走。」

織娘就是程家二女兒，叫程織，是個極為羞澀有禮的小姑娘。

顧晚晴連忙問道：「她沒事吧？不如讓我看看？」

程大嫂一愣。葉顧氏笑道：「阿晴懂些醫術，不妨給她看看。」

程大嫂與程義對視一眼，臉上都帶著些訕然，最後還是程義揮揮手，與程大嫂說：「人家也是一片好心，妳帶二郎娘子進去看看吧。」

程大嫂便應了一聲，請顧晚晴去程織的房間。葉顧氏則主動去了廚房，幫忙準備飯菜。

顧晚晴進了房間後，程大嫂便道：「織娘，妳的病好點了嗎？」

挨著窗子放置的木桌旁坐著一個十六、七歲的姑娘，模樣也算中上，圓圓的臉蛋配上漆黑溜圓的眼睛，十分可愛，只是看著帶些怯懦，正是程織。

程織有些沒精神。聽了母親的話先是愣了愣，繼而見到母親身後跟著的顧晚晴，便低了頭，小聲說道：「已經好多了。」

程大嫂放了心，心想女兒還是聰明的，懂得順著話題說，當下道：「那就好，二郎娘子聽說妳病了特地來看看，都說她會醫術呢。」

程織緊張了一下，連忙擺手，「不用了，我沒什麼病，就是有點不舒服，也已經好了。」

這情形分明是另有內情，顧晚晴哪會看不出來？她本打算不管，不過想到程氏夫婦剛剛的話，還有程織怏怏的神情，心中一動。

莫非程織的「病」和左東權有關？

這麼一想，顧晚晴就想打聽打聽內情。因為袁授的關係，她對左東權也起點愧疚的心思，不過每每與袁授提及給他治腿一事，袁授總是顧左右而言他，顧晚晴相信袁授是有不得已的苦衷，這麼一來，她對左東權之事就更為上心。

「既然沒事就好。」顧晚晴笑笑，從懷中拿出一些造形精細的香囊放到桌上。「這些是我娘做來給織娘玩的，要是織娘有小姐妹，也可以送給她，看看妳喜歡哪個……」

名義上織娘要管顧晚晴叫嬸子的，但她們年紀差得不多，自然不會把顧晚晴真當長輩那麼對待，平時還是比較談得來的。

程大嫂見顧晚晴也沒起疑心，鬆了口氣，說外頭有活就出去了，出去後就低聲埋怨程義：「好在閨女聰明，要不然真讓二郎娘子瞧出她根本沒病可如何是好？」

程義卻是不太在乎，「二郎娘子小小年紀，又是個女子，就算懂得些醫術也是一知半解，再說人吃五穀雜糧，少不得有些查不出病症的頭疼腦熱，哪就那麼神被她看出來了？」

程大嫂聽著也覺得有理，便不再埋怨程義，轉身到廚房去幫葉顧氏幹活。

再說顧晚晴和程織在屋裡說了會話，顧晚晴有意聊起左東權：「我認識一個京城的神醫，對他說起過我家大伯的腿傷，神醫說他的腿還有機會治好的。」

「真的？」一直沒精打采的程織居然猛的起身，站起來後她才發現自己反應太激動了，臉上一紅，又小心的坐下。

顧晚晴看著她的神情，輕輕的說道：「剛剛我們來的時候，聽妳爹娘在談論大郎，他們似乎有些嫌棄大郎的腿……」

聽到這，程織驀然紅了眼眶，低下頭去，竟是哭了。

顧晚晴見這情形哪還有什麼不明白的？這小娘子怕是對左東權動了心，不知怎麼被程氏夫婦知道了，又少不得大加反對，她這才「病」了。

「別哭，如果妳相信我，不妨和我說說？」顧晚晴一副洗耳恭聽的模樣。

一個上午很快過去，顧晚晴與葉顧氏中午就在程家用飯。過了午時，左東權與袁授也回來了，還帶回了紅紙、墨硯準備寫對聯，兩家人很是熱鬧了一番。

顧晚晴留意到程氏夫婦雖然對左東權依然和善，卻有意無意的隔開了程織，這在以往是絕對不會發生的。

想到程織對自己吐露的心聲，顧晚晴趁著與袁授回家貼對聯的時候試探的問道：「東權多大了啊？」

袁授拿著刷子和碗往門框上刷漿糊，聞言也沒在意，信口答道：「二十七了。」

顧晚晴皺了皺眉，程織才十六歲，這年紀可差得有點多。

袁授刷完了麵糊等著顧晚晴貼對子，卻見顧晚晴發起呆來，他玩心一起，拿刷子點上她的鼻尖，笑道：「怎麼啦？」

顧晚晴嚇了一跳，一摸鼻子上全是漿糊，哪還饒他？當即運起九陰神爪照著袁授的腰側擰了下去。

兩人鬧了一陣，這才又忙正事，顧晚晴一邊貼對子一邊問道：「那他以前有家室嗎？」

袁授頂著滿臉的漿糊愣了一愣，「倒是沒有，不過……哎？妳不是要給他作媒吧？」

「差不多吧。」顧晚晴急著問道：「不過什麼？」

袁授撈了把漿糊又蹭到顧晚晴臉上。「不過妳就別瞎摻和了，東權是沒成家，但他和我一樣，心裡早就沒地方了。」

「啊？」想到程織那可憐兮兮的樣子，顧晚晴心裡覺得可惜。「是誰？他們怎麼沒在一起？」

「妳先跟我說說想幫誰作媒？」

顧晚晴本來也覺得這事八字沒有一撇，自然不會與程織打包票，只說有機會問問，現下袁授問到她便說了。

袁授一拍額頭，「好媳婦兒，這更不可能了，妳當東權是什麼人？普通的王公之女配他都不算委屈，妳倒好，想讓他娶個小村姑。」

顧晚晴皺著眉道：「我哪知道左東權是什麼人？你又從沒和我細說過。再說村姑怎麼了？程織美麗善良，比那些刁蠻跋扈的王公之女強上百倍，還是根本就是你想娶那些王公之女吧？劉思玉好不好？林婉好不好？」

袁授這時才意識到自己捅了馬蜂窩，顧晚晴雖然不是村姑，但身分也比王公貴族低上許多，即使她從不曾自卑過，可顯然他剛才的話惹到她了。

袁授連連道歉，顧晚晴卻只給他鼻子眼兒看，還沒貼完的對聯往他懷裡一塞，扭頭就走了。

袁授大嘆倒楣，少不得把這事算到左東權頭上，可轉念又想到今天出去碰到的事，當下也沒了興致，草草的貼完對聯，就回了程家。

到了晚上守歲之時，葉顧氏先是撐不住了，顧晚晴便陪她回家，臨走前看了眼袁授。本來下午也沒怎麼生氣，更多的是鬧著他玩，可他回來後就一直沒精打采的，顧晚晴不免也有些擔心，這小心靈也太脆弱了點啊……

袁授接收到顧晚晴的目光正打算起身，左東權卻虛按了他一下，「正好我要回去取東西，我送她們回去。」

袁授晚上和程義喝了不少的酒，臉上還泛著紅，聞言看向顧晚晴，見她點了頭，這才也點點頭，重新坐回身子。

左東權送顧晚晴和葉顧氏回了家。待安頓好葉顧氏後，顧晚晴還要回程家，出門就見左東權在門外，昏暗的燈光映在他的臉上，更顯得疤痕猙獰，不過顧晚晴這些天已瞧慣了，倒也沒什麼，還越發的能透過現象看本質，看得出左東權原來的相貌相當不錯。

「東權有幾句話，要告之側妃。」

如此鄭重，還點出她的身分，顧晚晴的心裡微微一緊，不由得想到難道是袁授走露了風聲，左東權覺得她管得太寬來警告她別多管閒事？這麼一想，她臉上不免又多了兩分訕訕之色。

「側妃可知道世子計畫的大事？」

顧晚晴愣了愣，「什麼大事？」

左東權沒有明說，轉言道：「現在不知，將來也會知道。不過側妃須知，世子行事不易，若能強強聯合定會省下不少麻煩，希望側妃能對世子規勸一二，莫要意氣用事，因小失大。」

第一百三十三章

【大事】

強強聯合？如何聯合？

不必明說，顧晚晴聞言辨意也能猜到一二。

沒有付出豈會有收穫？在這樣的世道，親生兄弟也可鬩牆，何況本無關係的兩家？想要雙方滿意減少猜忌，只有成為一家人，站在同一利益集團，其中最好的方法莫過於聯姻。

鎮北王為袁授定下的世子妃是劉思玉，藉助的是七王爺的聲勢以便自己名正言順登基為帝。

那袁授呢？他想拉攏的人又是誰？

左東權說的並非是鎮北王府如何，而是袁授如何，那就說明，他是要避開鎮北王，私下培植勢力。這事不奇怪，顧晚晴之前也知道王妃以哈氏族力默默支持著袁授，不說與鎮北王為敵，但總是防著他的。一個是擁有三妻四妾眾多子女的丈夫，一個是自己親生的兒子，哈氏自然知道哪一個更能成為自己將來的倚靠。

這種情況之下，袁授計畫的大事會是什麼？他已是世子，一旦宣城城破，鎮北王登基是必定之事，最有競爭力的袁攝如今已不再有威脅，袁授的太子之位可以說早已收入囊中，大事……這種時候計畫的大事……

顧晚晴的心跳快了兩分，她抬眼看向左東權，他略顯猙獰的臉上一片平靜，似乎並未對她說過什麼一樣。

「左將軍好意提醒，我會牢記。」顧晚晴垂下眼去，輕輕朝他福了一福。

左東權眉頭微蹙，似乎有些不滿意，顧晚晴已笑道：「我們快回去吧，世子怕要等急了。」說罷，轉身而去。

回到程家時，程織早已被程大嫂打發去睡覺了，程大嫂也去服侍婆婆入寢，阿胖在外頭和一群小子放鞭炮，屋裡只剩袁授和程義兩個。

袁授這時候也差不多醉了，雙頰微染紅暈，半瞇著眼睛靠在榻上，一雙長腿蜷縮著，讓出大半榻位給程義坐著。程義用大碗盛了酒，還在勸他酒，他僅是輕輕搖頭，端著酒碗的手微微傾斜，碗裡的酒好像馬上就要傾出，卻又總是差了那麼一點。

「大郎回來正好，來，再陪大哥喝一碗！」程義酒量不俗，把袁授灌了個半醉，他自己倒好，清醒得很。

左東權深深的看了趕過去照顧袁授的顧晚晴一眼，就被程義拉去喝酒，轉念一想自己話已說到，要是她不肯，再另想他法就是，一心想得到她的准許太蠢了，當下便不再糾結，去與程義喝酒。

顧晚晴走到矮榻邊彎下腰去，端過袁授手中的酒碗。袁授頓了頓，抬眼見是她，這才鬆了手。等顧晚晴把酒碗放好再回來，袁授抬手將她拉到懷中，也不說話，就這麼輕輕的擁著。

顧晚晴扭頭看了眼左東權和程義，見他二人勸酒頻頻無暇旁事，心中稍穩，也不推開袁授，任他抱著，輕輕撫了撫他的頭髮。

一定是有事發生了。

不知什麼時候，兩個人變換了姿勢，袁授枕在顧晚晴的腿上，顧晚晴則偶爾用指尖梳理他的髮絲。

她不會和他說的。

左東權說過的話，她不打算照做。能讓她堅持的事很少，如果是之前，她會勸他以大局為重，但現在，她想，如果一個男人連自己喜歡的人都不能保全，如果他打算靠聯姻這樣的手段來使自己達到最終目的，那他並不是一個真正頂天立地的男人。

無論前路有多艱辛，她都會陪他一起走；無論成功或失敗，他們總是試過，她亦不離不棄不嗔不悔。可若他為了多一分成功的希望而拋卻誓言，讓她理解讓她忍，那麼，她會讓他滾的。

袁授是在清晨的鞭炮聲中醒來的。

好多年了，與顧晚晴在一起之前，他的睡眠向來輕淺，丁點聲音都能擾到他，現在他的警覺性則差了很多，炮竹聲震耳欲聾，他是實在抵不過了，才睜開眼睛。

睜開眼，便見顧晚晴歪著身子熟睡，他這才驚覺自己枕著她的腿睡了整晚。

袁授醒來後並不急著起來，靜靜的盯著顧晚晴的睡容，輕輕合了眼，須臾間又猛然睜開，挺身起來。

他這一動，顧晚晴也睜了眼，齜牙咧嘴的，卻是腿麻了。

袁授連忙替她揉腿，卻被顧晚晴打開雙手，揮手讓他站到一邊去，然後自己慢慢的站起身來活動，好半天才緩過來。

「程大哥酒量真不錯。」袁授有點訕訕的。

是你心裡有事吧？顧晚晴也不點破他，輕笑道：「明明是自己酒量不好，卻非得說是人家酒量太好。」

袁授笑笑沒有說話，伸手替她順了順鬢邊碎髮，「我……有件事要和妳商量。」

他說得猶豫，顧晚晴心裡一緊，想到昨晚左東權說過的話，心裡忽然極怒，怎麼？原來那些話不是左東權護主心切才說的，而是出自他的授意嗎？

突來的怒氣不止嚇了顧晚晴自己一跳，也嚇了袁授一跳。

「怎麼了？」盯著她蒼白的面色，袁授急忙扶住她，「可是不舒服？」

顧晚晴緊盯著他，雖極力保持平靜，但聲音極僵：「你要和我商量什麼？」

「就是……」袁授憂慮的看著她，「軍中出了點事，我得提前趕回去，之前與妳約好去鎮上看燈，卻是去不成了……」說著，見顧晚晴神色稍緩，他心裡也跟著慢慢舒展開來，略一沉吟後，又道：「如果妳想，可以繼續留下，我派人來照顧妳，看過燈再回去。」

「就這些？」顧晚晴懷疑的睨著他。

「不然還有什麼？」袁授皺了皺眉，年輕的面孔上忽的閃過一絲寒厲，「可是東權與妳說了什麼？」

「說什麼？」顧晚晴反問，心情已調整好，不帶絲毫反常情緒了。

算他識相啊……顧晚晴心裡想著，又忍不住發笑，剛剛她的反應實在太激動了一些，不過，那也情有可原嘛……誰讓他是她的男人。

見顧晚晴又笑了，袁授徹底無力。呆呆的看了她半天，他小心的問：「那妳回不回去？」

顧晚晴笑道：「你都走了我留下做什麼……呀！那東權的傷……」

「先不必管他，以後總有機會。」提到左東權，袁授的神情淡淡的，似乎不願多提及他的事情。

難道是她剛剛的反應讓袁授懷疑了他？顧晚晴暗中吐了吐舌頭。左東權的提議雖然討厭，但總是忠心為主，如此就被袁授所惡，豈不令人寒心？

正說著，房門被推開，進來的正是左東權，他神情無異，一如往常的板著臉。

「來吃餃子吧。」

顧晚晴正要答應，便聽袁授淡淡的說了句：「用過飯後我與晚晴先行返營，晚些時候再派人來接娘回去。」

左東權聞言色變，「世子！」竟是連偽裝都忘了。

顧晚晴奇怪他為何如此激動，卻見他目光冷厲的逼射過來，不由得一愣。

袁授輕巧的將顧晚晴一撥擋到身側，「你有異議？」

左東權微抿著唇，半晌輕哼一聲，「只要你不後悔！」說罷便踮著那條斷腿，頭也不回的走了。

直到這時，顧晚晴才確定他們二人間的確有點問題，且並非因昨晚左東權的提議而起，雖然顧晚晴不知事出何因，但少不得與昨晚的提議有關，定然是左東權希望袁授聯姻，而袁授此時的決定，則是反向而馳。

到底是……顧晚晴不是沒有好奇心，可袁授不說，她就不問。她相信，袁授既然做此決定，那麼便有能力處理好。

席間袁授以軍中急召為由向程家夫婦辭行，程家夫婦自然不捨，可也明白公事要緊，當下為他們張羅乾糧等物，袁授都一一笑納。顧晚晴與葉顧氏低聲說完緣由後，瞧見程織面色焦急，知道她有事要問自己，便尋了個理由與程織回房，和她說話。

程織平日是個極害羞的姑娘，可眼看顧晚晴要走，已是顧不得了，待房門關上她就急著問道：「昨天說的事……」

顧晚晴歉然的搖了搖頭，「我還沒問過大郎的口風，不過……二郎卻是不太看好……」

聽到這，程織的眼淚便流了下來。

顧晚晴心裡嘆息，從手腕上摘下一個金釧塞到她手中，「相識一場，再見也不知是什麼時候，這個且作為禮物吧。」

程織連忙推辭，顧晚晴卻堅持不肯。把手釧戴到程織手上，顧晚晴想了想，又低聲說：「大郎約莫也不會在這裡久住的，妳……還是莫要對他太上心了，況且他對妳來說也老了一點。」

程織苦笑，輕輕點了點頭。可顧晚晴知道她並未聽進去，有時候男女之間的感情就是這麼奇妙，什麼長相、身分、年齡，在緣分面前都顯得無足輕重了。

「春天之後，我與二郎大概會在京城，將來如果妳也去了京城，可以去城西顧家找我，一打聽就知道的。」

顧晚晴說這些話，只是看她可憐，程織也只是點頭，她們兩個卻都知道，一旦袁大郎離開村子，他們想要再見已是幾乎不可能的事了。

小敘過後，顧晚晴又與葉顧氏好好交代了一番，便與袁授上了馬。

袁授回頭向程氏夫婦抱了抱拳，顧晚晴卻看到左東權半側著身子，神色陰霾的盯著自己，知道他誤會袁授有此決定是自己的慫恿，對自己有所不滿。顧晚晴也不避讓，直視著他，沒一會便見他皺了皺眉，此時袁授也撥轉馬頭，思晴長嘶一聲，已將諸人拋在身後，朝宣城方向而去。

第一百三十四章

【歸營】

與來時不同，袁授帶著顧晚晴並沒有一路急馳，反而刻意放慢了馬速，累了就歇一會，餓了就吃些乾糧，冬日裡雖沒有什麼好景致，但喜在陽光宜人，兩人都明白回營後必不再像之前幾天那樣悠閒，便又特別珍惜路上的時光。

「這次回去，我有許多事要妳幫忙。」袁授幾經掙扎，還是說了出口。

顧晚晴看他臉色不好，立時憂道：「到底發生了什麼事？可是遇到了大麻煩？」

袁授搖搖頭，低聲說：「其他的我都能應付，妳不用擔心，只不過……這次的事情事關緊要，我身邊的人怕是要折損不少，如果……」他皺了下眉，終是直說：「我需要妳盡力幫我。」

她能幫上的……顧晚晴鬆了口氣，笑道：「就是這事？你不說我也自會幫你。你放心，有我在，你的折損程度必會大大降低。」

袁授得了顧晚晴的保證，卻是心情黯然起來，「我和妳在一起，是因為想寵妳愛妳，並不是為了妳的能力。」

顧晚晴愣了愣，才聽明白這樣的辯白，不由得失笑。想了想後，她認真的說道：「就算你不寵我愛我，只憑我們原來的關係，我也必然會盡力幫你，何況現在……你這麼說，難不成是心裡有鬼，才有意狡辯嗎？」

「當然不是！」袁授說完便扭著臉不再說話。

顧晚晴偷眼看去，竟像是生氣了。「你也太小心眼了點。」顧晚晴假意白他一眼起身欲走，不防袁授猛一把將她拉入懷中，緊緊抱住。

「我不許妳這麼想我。」袁授目光淡淡，卻是無比認真。

顧晚晴不服的瞪他一眼，「也不知是誰提起的。」

袁授悶悶無語，抱她抱得越發緊了，當顧晚晴發現不對勁的時候，他手已經探到她的裙下去了。

「你……」

顧晚晴低呼一聲就要去壓他的手，袁授隨手一擺，厚實寬大的裘氅已將二人完全裹住。

「別亂動，進了風……該著涼了……」

他的聲音低軟，能融化人心；手上帶著涼涼的寒意，讓顧晚晴縮了縮腿，還是忍不住激起了一身的起粟。

「別……」那涼意從腰間探下，傾刻便已攻城掠地，顧晚晴低呼出聲，引來他一聲輕笑。他的眼睛微瞇著，似乎在細細品味，眼中的旖旎與情意，一覽無餘。

「你這個……」顧晚晴咬了咬下唇，想要拒絕，又覺得新鮮刺激，他們就在路旁，雖有一棵大樹遮擋，卻完全起不到什麼作用，只能慶幸今日是大年初一，除了他們，路上再無旁人。

「回了營中，我們可不能再這麼胡來了……」袁授的嗓音極低，帶著似懇求，又似調戲的調調。若不是親眼見過他在校場上英姿颯爽的樣子，顧晚晴真會懷疑這是哪家色迷心竅的二世祖，竟膽大到光天化日就敢亂來。

袁授說著話，手上動作也沒停。虧得裘氅暖厚，直到他們肌膚相貼，也僅是感到激動的顫慄，而並非因寒冷而來。

「坐上來……」咬著顧晚晴的耳垂，袁授難得的語意模糊，扶在她腰上的手掌也越發收緊發燙，生怕她跑了一樣。

顧晚晴雙頰酡紅的咬著下脣不讓自己吭聲，滾燙的身子就在跟前，她還沒觸到，就已被燙軟了，心裡極羞又極怕，要是有人經過……

「呀……」她身子一抖，卻是袁授整個人縮到裘氅中去，微帶涼意的雙脣從她頸間向下尋去，專挑那軟嫩之處吮啄，她的衣服雖然沒脫，前襟卻是盡敞，加上他那一雙不安分的雙手又抓又揉，她哪受得往?急喘著抱住他的後頸，想讓他住手，卻是將他更緊密的抱在懷中，予取予求了。

「輕點啊……」和她在一起的時候，袁授向來無法克制，若她再稍有主動，那更是一場大戰，此時隔著衣料，她都能聽到他粗重喘息。胸前的酥麻與微痛交織在一起引發了一種別樣的快感，似乎在用牙齒輕咬，顧晚晴又羞又痛連連用手拍他，他這才稍稍收斂，又轉攻別處。

脣齒嚐香的同時，袁授雙手捧著她的腿根猛力拉起坐到他的身上。

顧晚晴感覺到身下傳來的燙貼與頂痛，輕閉了雙眼任他引導，可……等了半天，他卻沒動。

「晚晴。」他鑽出頭來，將他們身上的衣料重新圍緊，低語道：「我總想和妳說，卻又總說不好，我是很珍視妳的，妳能和我在一起，我有多高興，妳知道嗎？」

顧晚晴笑笑，這段時間，他情話說得不少，但總像說不膩一樣，當下取笑道：「我不知道，我只知道有個人以前是個黏人精，現在是個小話癆，說過一遍的話還要說第二遍、第三遍，也不怕人煩。」

袁授輕笑，「我也只黏妳，只煩妳，一輩子才好。」說著輕輕一擺腰身，就聽顧晚晴嬌嬌一喘，無力的倚在他的胸前，他的心便似要化了一般，心中的甜蜜與滿足，再大的快感也比擬不了。

顧晚晴卻是受不住了，原本她與袁授做了一段時間夫妻，對他也包容了，可今日緊張害怕加羞澀，身體異樣敏感，他還沒動上幾下，她已手腳並用的纏著他，用力抓他的後背，「不行了……」

「那我退出來？」他說著，動作卻沒停，緊錮著她的腰肢隨身擺動，忽又一滯，他貼著顧晚晴的

耳邊，「有人來了。」

顧晚晴一驚，身子抖得厲害，連連推拒著他，虛抓著他的髮絲，但不見他退出，體內的充實越發明顯，磨得她心尖麻軟又不知所措，差點沒掉下淚來。

袁授的動作卻越發凶猛了，她被他衝擊得連連上拋，骨頭都酥了，又聽他說：「聽見沒?馬車聲……」

「夠了，夠了……」

熱，到處都熱，熱得燒人，顧晚晴只覺得身體各處，連指尖腳趾頭都飄在空中似的，身子越發輕軟，也越發緊繃，口中說著什麼已然不知，只聽到「怦怦」的心跳聲，那是自己的，還有那磨著牙緊忍著的喘息聲，是他的。

「好乖乖，妳真好……」

無比簡單的幾個字，愉悅、喑啞，是那麼的撩人心弦，讓收緊的身心超越極致的蕩到更高，瘋狂、釋放……

顧晚晴嗚咽著，淚水已滲出眼角，她的眼前一片白光，似乎飄入了另一個世界，所有的官感全都消失不見，只是飄著，忽忽悠悠，不知哪裡才是盡頭。

她居然暈了過去嗎？顧晚晴魂歸原位時，連動個手指尖的力氣都沒有，眼前一片漆黑，耳邊馬蹄急響，身後靠著的是熟悉而溫暖的胸膛，知道自己是被他圍在裘氅內趕路，他們還沒到嗎？她暈了多久？他說的馬車……看到他們了嗎？顧晚晴無須觸及也知道自己臉上定然燒得厲害，實在沒勇氣和他說話，索性繼續裝死，實在太丟臉了。

顧晚晴躲在裘氅內看不到外面，但過了不久便發覺馬速漸緩，遠處隱有呼喝聲傳來，知道他們已然進了營地，不由得又是一陣害臊，她居然暈了那麼久。

這次回來，他們自然還住東營。袁授打馬至帳前輕巧的一拎韁繩，思晴便穩穩停下，袁授也不叫醒顧晚晴，攬了她的腰跳下馬來直入帳內。

「世子！」

袁授抱著顧晚晴才入帳，沈良便掀簾而入，見了他們的樣子連忙低頭迴避。袁授沒有說話，逕自將顧晚晴放到屏風後的榻上，又吩咐沈良去別的帳中移了炭爐過來，用毛皮褥子把顧晚晴蓋了個嚴實，這才轉出屏風。

顧晚晴本是要醒的，因為聽到沈良出聲，實在不好意思，只能繼續裝下去，待袁授出去她便睜了眼睛，細聽屏風外的動靜，卻是聽到腳步聲與行動時鎧甲錚錚相碰的聲音。沒一會沈良開口：「世子離營後第二日，劉、林二位姑娘便要返京，孫將軍勸誡無果，便派了神風營護送。前日神風營校尉負傷返回，他們途遇叛軍，只有他一人奮力脫險，劉、林二位小姐、劉造和神風營俱落敵手。」

聽了這番話，顧晚晴皺了皺眉，不顧勸誡堅持要走，這實在不像是劉思玉的風格，多半又是林婉的主意，可她們是袁授帶出來的，她們被抓了不要緊，卻要連累袁授，真是討厭！

不過袁授似乎沒什麼反應，聲音也淡淡的：「孫將軍怎麼說？」

只聞其音，清朗的聲線彷如少年。

另一個較為粗獷的聲音道：「將軍已連夜派人出營打探，至今尚未有結果，只是這兩月常有山賊土匪扮作叛軍，將軍的意思是兵臨城下，叛軍並無出城路線，或許是一些蟊賊也未必可知。」

「蟊賊？」袁授輕輕哼笑一聲，「一群蟊賊也能盡俘神風營上下，鎮北軍可是越發出息了！」

他的聲音冷厲中含著嘲弄，卻又帶著一股不容辯駁的威嚴，顧晚晴鮮少聽到他這麼說話，也極難將他與這樣的口吻聯繫起來，不由得一呆。

屏風外滿室寂靜，顧晚晴聽到輕輕的敲擊聲，就像是以指尖敲打桌面那樣。而後，又聽袁授開口：「回去和孫伶說，我自會向父王請罰，也請他十日內將劉思玉安全救出送返京城，或許，他還能保住他想保的人。」

第一百三十五章

【病】

這話……顧晚晴又聽不懂了，平日在營裡孫將軍待袁授雖不熱情，卻也有求必應，袁授對他看著也敬重，只是裡裡外外都透著客氣，不像有私交的，可今天這話，卻是另有隱情？

想到這裡，顧晚晴又不免想到左東權與她提過的那件「大事」，是與那有關嗎？袁授對鎮北王斷然是不服的，可畢竟是父子，袁授現在也占著世子的位置，將來的一切不還是他的？還是她想得不對，袁授計畫的事根本與那無關，而是針對袁攝和其他的兄弟？

顧晚晴越想越多，不知什麼時候屏風外已經安靜下來，而一個極輕的腳步聲停在了她床邊的氈毯上，顧晚晴張眼一瞧，立於床邊正轉瞬不眨看著她的人，不是袁授又是哪個？

裝睡被發現，不過並不及之前那樁羞事讓顧晚晴臉紅。

袁授含笑坐於床前，歪頭看著她頰邊的紅團，「呀？臉怎麼這麼紅？莫不是病了？」

顧晚晴剛想否認，又聽他壞壞的說：「還是聽見了馬車聲？」

顧晚晴雖然惦記著劉思玉那事，但架不住袁授這麼使壞，當下臊得厲害，抽了頭下葉顧氏特別製給她的軟枕就朝袁授扔過去，可手上無力，枕頭轉眼落至地上。袁授撿起來也不還她，人倒是貼了過來，聲音極輕：「還沒勁兒？下午都使光了？還好那時並無人經過，否則妳叫得那麼歡喜，豈不都叫人聽了去？」

「你這壞蛋！」顧晚晴的臉上已紅到極致了，燒得就快冒了煙，身子也跟著發緊。「以前倒是裝出溫柔體貼的勁兒，都是假的，就會使壞，就會笑話我！」

「我這麼做也不是沒有緣由的。」袁授正經起來那青澀纏人的勁頭一掃而空，只不過話還是那麼膩耳，「男人不壞女人不愛，我使壞也是為了讓妳更愛我。如何？我可讓妳滿意？妳可更愛我了？」

看他板著臉嚴肅的問，再想到他下午那麼使壞，顧晚晴羞得連捶他幾下，卻反被他抓了手。現下帳內只有她床邊這一個炭爐，外頭是很冷的，袁授的手上也帶著涼意，越發襯得她自己的手熱如火燒了。

袁授皺了皺眉，俯身額頭便印到了顧晚晴的額上。再抬頭，他臉上已帶了惱意：「妳做的什麼天醫？自己燒得這麼厲害也不知道？」

顧晚晴愣了愣，反手摸了摸自己額頭，果然燙得厲害，身子也熱，果然是發燒了，不是害羞啊……這麼一想，剛剛還很有精神的她瞬間便蔫了下去，頭也暈了。

袁授氣個半死，「妳這庸醫！」說著，他扭頭朝外喊：「沈良，快叫大夫！」

顧晚晴雖沒精神，但還是「噗」的一聲笑出來，盡力朝外頭喊了聲「不用了」，這才朝袁授招了招手。

袁授也才反應過來，並無赧然，而是連連催促：「妳快給自己醫治啊！」

顧晚晴輕舔了一下燒得發乾的雙唇，握住他的手，眼含情意的望著他，「阿獸，你是真的愛我，是嗎？」

就這麼一句話，剛剛還那麼不正經調戲人的袁授竟微紅了臉，年輕而英氣十足的面孔紅起來分外好看，也分外的惹人喜愛。

這樣的他，顧晚晴極少見到，平時要嘛是假正經，要嘛是油嘴肉麻，說出來的話酥酥軟軟的，聽得人骨頭都化了。

盯著他好好的看了個夠，顧晚晴越看，越覺得他的模樣其實變得不多，凌眉厲眼的還是那個野小子，只不過換了華貴的衣裳，也更會梳頭了。

「說起來我染了病也是怪你。」顧晚晴難得的嘟起嘴撒嬌。

袁授面現懊惱，「的確怪我。」

顧晚晴眨眨眼，「那你可願意替我生病？」

「當然願意！」袁授反握了她越發灼熱的手，脾氣倒大了起來，「妳怎麼說都好，快把自己治好，才有力氣罰我啊！」

「現在就罰你。」顧晚晴抿著唇竊笑，「你發個誓，願意替我發燒。」

袁授對誓言一事並不怎麼看重相信，本來嘛，若是誓言有用，也不會有那麼多背信棄義之人了。不過現下他心裡著急，又架不住顧晚晴磨他，只好發了誓。

他說得敷衍，顧晚晴本是不太滿意，不過想想一會他的後果，又忍不住壞笑，當下咬著唇握緊他的手，「你這麼說我好感動。」

袁授無語，女人都這麼好哄嗎？正無語著，他便覺得頭暈起來，胸口悶得厲害，頓時心中一凜，馬上起身就要離開這裡。

顧晚晴拉著不讓他走，笑得像個賊。

「怎麼啦？是不是誓言應驗了？」本就是想鬧一鬧他，顧晚晴已將天醫玉握在手中準備替他醫治，口中卻還挖苦他，「舉頭三尺有神明哦……」正說著，就見袁授的面色驟然由紅轉白，他咬緊牙關，手臂不住輕抖。

「你……」

顧晚晴連忙坐起身，袁授卻已趁機掙了她的手轉到了屏風之外。她急急下地，連鞋都沒穿就追了出去，「你怎麼？你別嚇我……！」

「別跟來！」袁授勉強保持著心頭一點清明，極力穩了穩顫抖的手臂。怎麼會？自從用了哈家從竭羅國找回的藥，他已經久沒犯過病了。

「沈良！」他急吼著衝出營帳。「藥！別讓她……」話未說完，人已摔至沈良的懷中。

顧晚晴嚇壞了，赤著腳站在雪地上不知所措，「怎麼會……他……」

沈良自然明白袁授後半句話的意思，可顧晚晴就在眼前，不讓她看、不讓她治幾乎是不可能的事，況且他自接替了左東權成為袁授副將的那一天他就知道，他的命和袁授是綁在一起的，是絕不會讓他輕涉險境。

沈良自頸上扯下一條鍊子，上頭拴著一顆密銀小球，他單手一扭，小球就被扭開，一顆顏色鮮紅似血的藥丸現了出來，周圍的空氣中立時充斥著一種奇特的辛辣氣味，沈良毫不遲疑的將藥丸送入袁授口中，單肩頂著袁授站起，特地提高了聲音說道：「側妃身染重病還是不要外出了，世子日前打獵傷了腳，也不便陪側妃外出。」

他這些話是說給在帳外站崗巡邏的將士聽的，幸而現在已經入夜，遠處看得並不真切。

顧晚晴的腦子一片空白，怎麼跟著沈良回到帳中的都不知道。看著袁授被放在床上，她就像看慢鏡頭一樣，找不到絲毫真實感。

她是個大夫，這幾年她處理過不少病症，許多絕症她都看過，一些慘不忍睹的傷勢他也看過。痛苦的、傷心的、害怕的哭聲她聽過不計其數，可沒有一次像現在這樣。她木木呆呆的，只希望有人來按停止鍵。

這都是假的，袁授上一刻還活生生的，怎麼會……是她害了他，她那輸入的異能並不常用，或許是出了變故，能害死人了……

「側妃？」

沈良連喚幾聲，顧晚晴才從自己的臆想中掙脫出來，慢慢的將目光投向他。

「世子……」沈良猶豫了一下，看了眼床上的袁授，還是將實情說出：「世子早年有一種奇異之疾，由來無人得知，何時發病也不一定，一旦發作便頭痛難忍，以前也用過其他藥，但大多無效，只有夫人娘家府上尋來的這種血竭丸可暫時壓制，世子上次發作是七個月前，本以為已然痊癒，沒想到……」

他竟有這樣的病？

顧晚晴的腦子還處於游離之中，半晌才接收到這些話的真正含義。

他為什麼不說呢？

顧晚晴握著他的手，笑了笑，眼淚卻是瞬間而下。

為什麼不說？

她還不清楚嗎？從他剛剛的反應來看，縱然發作，他還是不願她看到，他不願意在她面前展示那樣的一面，他也不願意讓她覺得，他是為了要她醫治，才回來找她。

「你這麼對我，我可傷心死了。」顧晚晴極力保持著語調的平緩，握著他的手，將自己的能力運轉極致。

袁授只覺得通體溫暖，以往每每將他折磨欲死的頭痛並沒有發作多久便被壓下，他聽到沈良在說話，也聽到顧晚晴的話，他動不了，只能在心中苦笑，這次可是搞砸了啊……

睜開眼，見到的是顧晚晴木然的神情，袁授緩緩坐起身子，但覺自己神清氣爽，當即一笑，「妳可真厲害。」

顧晚晴木木的呆望著他，剛剛才止住的淚又流了下來，「沒用……」

袁授連忙起身，這才見到她竟光著腳站在地上，腳尖都凍得發紅，心裡當下一怒，可看到她的神情，又硬忍了脾氣，拍拍床邊放軟了聲音：「坐這。」

顧晚晴沒動，仍是站在屏風前的燭火下，怔怔的看著自己的雙手，「沒用……我治不了你。」

袁授皺了皺眉，下地將她拉到床上，英挺的面孔上盡是笑意，「怎麼治不了？我現在好得很，已經全好了。」

「是那藥的作用吧？你以前吃過那藥，定然知道服了藥後的感覺。」顧晚晴的眼睛眨也不眨，讓袁授看著有點害怕。

「就算妳治不了，還有那藥呢。」袁授也不和她爭，放軟了口氣，「我知道是我不好，沒早與妳說這事，只不過好了許久了，以為痊癒了，沒想到……不過，我得了妳，也是斷不後悔的，就算妳怨我、恨我……」

「我怎能不怨你……」顧晚晴痴痴的說完，突然像瘋了一樣捶打他，「你怎能不告訴我！如果剛剛沒有那藥，我們或許已陰陽兩隔！我對你說的那些話，或許就是我們說的最後一句話！當年你什麼話都沒有就走了，你可知道我怨了自己多久？我怕你不原諒我，我怕你一直怪我！今天又是這樣！如果沒有那藥、如果沒有……」

她的話斷斷續續，已是泣不成聲，手裡瘋狂捶打著對方。袁授不管不顧的抱著她，生受著那些撕扯捶打，眼眶也跟著紅了。

「對，都是我的錯，是我讓妳傷心了。往後妳只管記著，無論我們分開前最後一句話說的是什麼，我都是開心的，哪怕妳怨我、恨我、咒我、罵我，我都是開心的，死了也開心。」

聽著這番話，顧晚晴停下手中動作，抱著他放聲大哭：「我不開心！是我，是我險些害死了你！」

第一百三十六章

【局勢】

聽顧晚晴斷斷續續的說完緣由，袁授的眉頭久蹙不散，很是不能接受的愣了半天，才失笑，「竟然還有這種功效？」

「定是因為這個，才引得你舊患發作……」顧晚晴明麗的面容上蒙著一層灰敗，還沒有從剛剛的驚恐中緩過神來。「你這病是怎麼得的？什麼時候開始的？開始時症狀如何？都用了什麼藥……」

她一問就問了一串，袁授拍拍她的肩，輕笑，「先擦乾了眼淚吧。」

顧晚晴不是那麼愛哭的人，為她自己，她鮮少哭，再委屈再難受都能忍，可換了葉顧氏，換了袁授，她卻怎麼也忍不住，恨不能讓他們的痛苦發作在自己身上才好。

胡亂擦了眼淚，顧晚晴轉瞬不眨的看著他，並不讓他模糊帶過。看著她堅持的模樣，袁授考慮良久，低低嘆了一聲，「這病，是因藥物所致。」

「我到邊關之前，父王將我帶到一處隱秘之地，替我做了半年的特訓。」袁授的手臂不自覺的輕輕抽動一下，苦笑，「鎮北王世子，自然不能是不識人語的野獸蠢材，但想讓一個一無所知的人在短短時間內通達人事，又豈是那麼簡單的？」

「是王爺……給你用藥？」顧晚晴不只臉色極差，心裡也涼得發寒。

袁授微一點頭，「有一種藥，名為『九轉靈竅丸』，服用後可使人神清目明精力充沛，唯一的壞處，是服藥者難以興起反抗之力，無論是什麼，只要是他灌輸的，都可以極快的速度讓人接受。」

「居然還有這種藥？」顧晚晴簡直聞所未聞，這聽起來像是迷藥了，可她學習醫術這麼久，從未在任何書籍中看到過這樣的記載，更別提見過。

袁授只看她的神情就知道她沒聽說過，笑道：「天下之大無奇不有，妳的能力，不也是奇中之奇嗎？」

顧晚晴默然。

她的能力是很稀奇，可總在關鍵時刻出岔子，就如現在，她想不通為何會對袁授的病無效，縱然是藥物所致，但以他的症狀來看，定然是傷了腦中神經，屬於內部創傷，她沒理由治不了。

而袁授說得輕鬆，可從他病發時的樣子來看，只怕每次都是九死一生的折磨！

「別想了，所幸現在已找到了保命的藥物。」袁授伸手探了探她的額頭。「果然不燒了，真好。」

顧晚晴看了他半天，還是怔怔的不說話。她知道鎮北王冷血無情，但虎毒不食子，沒想到鎮北王竟狠心對自己的親子用這種陰毒的藥物，為了什麼？只為了不讓他丟臉嗎？

還有袁授，也是因為如此，所以才要計畫那件「大事」嗎？

「劉思玉的事，真的是山賊所為嗎？」

袁授沒料到她突然問這個，搖頭道：「自然不是，多半是袁攝派人所為，上次那兩件事雖不能徹底扳倒他，但已使父王對他有所猜忌。劉思玉是七王府的人，父王現下最不希望看到的就是與七王府出現嫌隙，如果袁攝能救出劉思玉，自然是大功一件，並可連帶洗脫之前圖謀不軌之罪。」

「那孫將軍呢？你有他的把柄在手？」

袁授點點頭，「一個於他而言很重要的人。」

「我們從左東權那裡離開的時候，他似乎很不願意你回來，又是為什麼？」

這些事，顧晚晴本不打算問，可自她知道了鎮北王對待袁授的手段，所有只顧著安穩美滿的心思都起了變化，並非她不願意安穩美滿，而是環境險惡如斯，她竟從來不知。無法改變，便只有與袁授並肩作戰。

袁授向來明白她的心思，此時只看她目光灼灼不容置喙的樣子，便知她心意已決。她的脾氣他瞭解，真做了決定，是十頭牛也拉不回來的，既然如此，他也不再瞞她。

「東權不欲我回來摻和這件事。袁攝在軍中勢力多年，不能一次擊倒已在意料之中，他願意怎麼演戲都隨他，我身在營外不知其事，將來追究起來，也就是得父王一頓斥責打罰罷了，可我堅持回來，他便明白，我是要經我之手救劉思玉。我在軍中根基尚淺，只能借用孫將軍之力，此時拋出孫將軍這個籌碼，待得關鍵時刻，卻再用不得了。」

「這麼說……東權也是為了你好……」顧晚晴的聲音突然低了下去，「那聯姻之事又是什麼？」

袁授一愣，抬眼看向她。

「他口中的聯姻，必不是劉思玉吧？」

「這件事妳不必知道。」被當面說穿，袁授也只是神情微凝，「只須知道，不會有什麼聯姻便是了。」

「所以左東權才不願意你回來，如果你救出劉思玉，那麼你與七王府的聯姻勢在必行；可若是你視之不理，等袁攝最終救出劉思玉，他們難免有交往過密之嫌，你便有很多理由和機會可以推了她。」

袁授翹脣一笑，並不解釋。

顧晚晴卻是越發沉靜了，好一會又道：「如果與七王府的聯姻勢在必行，那麼換成與誰成親又有什麼差別？你又為何一定要回來犧牲手中籌碼救劉思玉？」

「妳不懂嗎？」袁授稍稍斂了笑容，目光淡淡的。「若是對東權，我會說敵之所願我之所惡，袁攝要做的事，我只要盡力破壞就是；可是對妳，我還是那句話，齊人之福我不欲消受，三千弱水，只取一瓢。我原以為已說得足夠明白，妳也足夠清楚，可沒想到妳還是不清楚。」

他這是在生氣嗎？顧晚晴微微有些心慌，她垂下眼簾，輕輕抿了脣。好一會後，她還是決定把話問完：「我不是不清楚，我只是不知道，你要如何推去這勢在必行之事。」

袁授自她身邊慢慢坐直身子，目光盯著不遠處的燭火久久不語。

就在顧晚晴以為他不會回答之時，他說道：「劉思玉的心思我比妳更明白，思念著一個遙遠的人，是怎樣的痛苦折磨，每時、每刻都惦念著他，看到樹，會想到他身邊是不是也有這樣的樹；看到雲，會想到他的頭頂是否也是朗朗晴空，這樣的感情很縹緲，卻也最深刻。劉思玉外柔內剛，必然不肯折衷，她是絕不會嫁給我的，事到臨頭之時總有辦法拖延，到時就算七王府臨陣換人，我也已爭取到了足夠的時間。」

他說得篤定，顧晚晴卻不得不憂：「你又沒與她說開，怎能如此肯定？」

袁授看她一眼，「這世間寧為玉碎之人比比皆是，妳眼前，便有一個。」

還是生氣了啊……顧晚晴一時無話，她知道劉思玉的心思，自然不會擔心她和袁授之間會有什麼問題，問這些只是為了瞭解全局。只是她也不怪袁授，為了她，他選了一條更為艱難的路來走，理應需要她更多支持的。

「如今你勢單力薄，計畫那樣的大事想必十分凶險，可有幾分把握嗎？」

袁授默默的看著她灼灼不變的堅定神情，心裡的不快便少了幾分，可她的問題當真難答。

想了半天，他說道：「現在暗中支持我的一些人中，只有母妃是值得相信的，哈氏亦不會樂於為他人做嫁衣，自然也會全力以待。可其他兩股勢力卻是各有心思，表面上又是父王部屬，能給我的實際幫助少之又少，但父王與袁攝性格各有缺陷，我們如今在暗處，如能好好利用使之鬩牆，也能多添幾分把握。」

「也就是說，目前為止你最大的阻礙就是袁攝了？」

袁授笑笑，反問道：「妳可知父王為何一直保留著我的世子之位，沒有另選他人？」

這個顧晚晴早就知道。「不就是為了王妃家的錢財嗎？」

袁授點頭，「可他卻對我用藥，這種藥物固然可使我在極短的時間內吸取各種知識技能，成為一個合格的世子，可後遺症猛烈，若非幾位舅舅萬里尋藥，我現在仍要靠每月一劑的解藥止痛，若他當真視我為繼承人，怎會對我用這等藥物？」

說著，微頓一下，他又笑，「當他得知幾位舅舅尋到了血竭丸，又見我很久都未再發病後，失望得要命呢。」

顧晚晴跟著笑了笑，對於鎮北王，她是再無什麼幻想了。「他這麼做，不過是想用你來牽制住哈家。袁攝在他膝下二十餘年，就算再薄情，兩人間的情感肯定也比你跟他來的多，袁攝又多軍功，如果王爺不是多有仰仗哈家之處，恐怕早已改立他為世子了。」

袁授覆上她的手，「正是如此。」

顧晚晴輕輕長長的吐了口氣，這些事袁授不說她又如何知道？只看表面，她還以為袁授深得鎮北王心意。

「不過……」袁授又開口，「若他登基為帝，那麼縱然廢了我，這太子之位也未必輪得到袁攝，父王今年才四十多，正是春秋鼎盛呢。」

「所以這便是他們的矛盾了。」顧晚晴會意一笑，鎮北王身體康泰，再活個二、三十年不成問題，若無風無浪，也足夠他再多培養幾位太子人選了。

「聽了這麼多，可滿意了？」袁授之前的悶悶不樂已全數退去，重新挨到顧晚晴身邊來。

顧晚晴淡淡一笑，「湊和吧。阿獸，我想回京。」

第一百三十七章

【交代】

「回京？」袁授長眉微動，打量著她，「怎麼？在外待膩了？過段時間我再陪妳去別處走走。」

顧晚晴搖搖頭，並不說話。

袁授跟著沉靜了一會，終是嘆了聲，「我當初帶妳出來，就是不願妳攪進其中，妳只管安安樂樂做我的妻子就好。」

顧晚晴抬眼看他，「既然你將我當作妻子，我更不能眼看你辛苦勞心，自己卻做個無知滿足之人。從前不知道就算了，現在知道了，我又怎能獨善其身？我現今還擔著天醫的位置，顧家名醫遍布京城各府，看著不起眼，但對於許多事都多有助益，還有……」

她稍一遲疑，笑了笑，「沒了，就這麼多，我與你醜話說在前頭，若你那日沒有為我準備那場婚禮，沒有向我許下那些話，我或許還會由你一二；可以後不管你用什麼樣的理由，有什麼樣的難處，我都不會許你再娶她人，若有那一日，我必不會與你善了。我今日再問你一次，你現在後悔還來得及。」

「看來我剛才的氣生得還不夠厲害。」袁授順了下她的髮絲，目光沉沉。「顧晚晴，我今日最後同妳說一遍，袁授待妳之心此生不變，今日之後，我必不再把這話掛在嘴上了。」

顧晚晴低低一笑，終是放心了。

「有你此言，我必盡全力助你成事。」她說著，看到他眼中的笑意，知道他不相信她會有什麼辦法，她也不辯解，只是道：「你把在京中可以相信的人都說給我聽，回去之後，方便照應。」

袁授見她還是決意回去，沒有辦法，只得細細說給她聽。

他身為鎮北王世子，未來的太子人選，平日裡巴結他的人自然不少，只不過他向來以冷面寡言著稱，所以那些人雖然結交，卻沒有過深的交往。

只有三方，其一正是王妃哈氏以及哈氏一族，他們與袁授的命運息息相關，自是不願成全外人，對袁授可謂全心籌謀。

其二是護國將軍鍾靈岳。鍾靈岳的父親乃是袁授祖父之心腹大將，鎮北王初掌王位時他們之間便有許多嫌隙，而後其父告老，鍾靈岳被調任兩川總兵，算是脫離出了鎮北軍。一晃多年，鎮北王如今穩居京城，鍾靈岳攜老父上殿探望舊主，以極低的姿態挽回了鎮北王的信任，可這信任到底有多少，他們自己心知肚明。

而其三，卻是泰安帝的前右相范敏之。范敏之是雍朝大儒，於學術界和官場都有極大的威信，不過他在與聶伯光的朝爭之中敗下陣來，早早便隱居歸田，成立私學開席教授。就是這樣的一個人，手無縛雞之力，可朝中官員多為他的子弟門生，又與一些隱世大族交好，區區布衣，言論卻極有引導意向，亦是鎮北王必定籠絡的人選之一，只不過他官場失利後隱居十年，人學乖了，懂得待價而沽，對鎮北王多有敷衍，對袁授亦然。

「鍾靈岳手握重兵，皇上南下前他便識得先機早早率兵去邊關戍防，聶伯光幾道聖旨他都推拒未歸，父王一進京，他便日夜兼程帶著他父親一同趕來，意欲重歸父王麾下，可手中的兵權卻是未交。」

顧晚晴想了想，「那他也真夠大膽，就不怕王爺把他殺了或者拘禁，再另派他人去接手兩川嗎？」

袁授輕笑，「父王要是能那麼做，早就那麼做了。鍾靈岳自有心腹，若他和他父親沒能平安出京，兩川兵力現下恐怕已經在和我們對峙了。」

「也就是說，王爺暫時也奈何不了他？」

「不錯，現在正是關鍵時刻，只要他不來搗亂，等我們順利拿下宣城、父王登基，自然可以慢慢調理他。」

顧晚晴緩緩點著頭。又見袁授笑個不停，略略一想知道是在笑她，把臉一板，「你認為我不明白這些事，剛剛說要幫你的都是無知幼稚之言嗎？」

袁授連忙擺手，「我可沒這麼說。」

顧晚晴本是不服，想辯駁兩句，可轉念一想，還是忍住，畢竟京中現在情況如何她還不知道，不能現在就把話說滿，便笑笑，「沒有就好。」說著，送了他一記鷹爪功，讓他有口難言。

「至於范敏之……」袁授揉著腰眼齜牙咧嘴的，「他在外待了幾年，越來越狡猾了，我、父王和袁攝，三方他都吊著，只看誰先露出勝機，他才會放手一搏。」

聽他這麼說，顧晚晴倒有點驚訝：「他竟不看好王爺嗎？」畢竟鎮北王登基已是眼前之事了。

「父王素來以冷血無情著稱，他要防著鳥盡弓藏這一招，自然不肯輕易許諾。」

顧晚晴點點頭，心中又突然一動，睨著袁授好看的側臉，瞇了瞇眼，「左東權所說的聯姻，不會就是他們家吧？」

袁授似笑非笑的看著她，卻不直接回答：「哪那麼容易？范敏之就兩個孫女，一個新寡守喪，一個年紀尚幼，若非如此，妳當父王會不動她們的腦筋？」

連新寡年幼都知道，還不就是他嗎？顧晚晴撇撇嘴，左東權能有那樣的說法，定然是雙方曾經有過意向，回去之後可得看好，不能讓人鑽了空子，他現在是她的了，版權所有，染指必究！

「妳還是決意要回去嗎？」

聽聞他話中帶著幾分孤單之意，顧晚晴挪過去輕輕攬住他，「我能幫你。就算幫不了太多，但一點、兩點總是能幫的。不說別人，回去幫幫王妃也好。李側妃笑裡藏刀，只有王妃一人應付，難免有疏漏的時候。如果王妃有什麼不測，你也不會安心，就當我回去替你盡孝吧。」

這番話說得十分平實，袁授聽著卻是無比的心暖，母親、妻子，在一個男人心目中豈能分出高下？他希望母親喜歡他的妻子，也希望妻子能敬愛他的母親，所謂愛屋及烏，若沒有顧晚晴這一層原因在，他縱然感激葉顧氏當年對他的照顧，又豈會如此親近，連左東權一事都不瞞她？

輕擁了她，袁授低語：「妳只要記得，天大的事情，也不比妳和母妃的性命重要，莫要因小失大。」

這便是應了她了。顧晚晴乖巧的點點頭。

袁授又道：「若可以，定要阻止范家與父王結盟，男人志在天下，可有時候，婦人之言也未必不能左右事態發展。」

顧晚晴失笑，原來他也不是不懂，只是不願自己回京犯險。

天下間向來就不是只有男人，還有女人，柔能克剛，自古多少英雄豪傑為紅顏不惜搏命？眼下京城必是人人自危之時，人人都不可輕信，那些自詡聰明的有識之士看似防範緊密，可卻也是最難做決定的時候，只要好好運作，定有可乘之機！

聽到她笑，袁授低頭看了看她，也跟著苦笑，「我只是捨不得妳。我想了妳四年，從沒想過妳會願意和我在一起，這段時間我一直像做夢一樣，生怕妳走了夢就醒了。如果是個夢，一輩子不醒才好。」

顧晚晴笑得更厲害，「還說以後不說這些肉麻話了，轉眼就忘了。」

「我是說，我以後不會再辯駁了。」袁授說罷，低頭封住那怎麼也吻不夠的飽滿雙唇，輕輕的吮，輕輕的咬，嘆出一聲極為滿足的鼻息。

顧晚晴輕合眼簾，也在此刻感覺到了一絲不真實感。

太快了，她第一次感覺到，她和袁授進展得太快，似乎剛交心，便相許，袁授有四年的思念時光，可她沒有。她不知道自己著了什麼魔，不是感動、不是愧疚，而是一種如火般的炙熱情緒，滿眼就只見他的好，嚐了他的味道，就再不想收手，只想霸著他，恨不能把他所有的好處都一人占盡才好，而她甚至不知道這火是什麼時候燒起來，只知火一起，就是極熱。

或許他消失的這四年，她沒有一刻忘記他，他思念著她，她何嘗沒有想著他？縱然並不關乎男女之情，可感情的底蘊總在細微當中。

「我娘……不能讓她回京。」這是不可商量的事，她絕不會讓葉顧氏回京陪她犯險，再者，有葉顧氏在身邊，也是她的一大弱點。

袁授點頭，「我會安排。還有爹和昭陽，我會把他們一併送到一個安全的地方，妳不必擔心。」

顧晚晴噎回自己未說完的話，笑道：「我真懷疑，你還有什麼是不知道的？我的心思你都猜到了。」

袁授自然的道：「只要將妳置於萬事之前，想猜不到也很難。」

談話至此而止。

顧晚晴的歸期定在正月初八，她和袁授才在一起就要分開，自然分外珍惜在一起的日子。這幾天袁授幾乎足不出戶的和她膩在一起，越近分離越是黏得厲害，顧晚晴也就越累得厲害。

劉思玉在顧晚晴出發前兩天被孫將軍順利救出，她看起來精神有些委頓，臉色十分蒼白，像是受了驚嚇，顧晚晴不便多說，只安慰了幾句便與她分開，回到帳中才想起剛剛似乎並未見到林婉，她不是一同失蹤了嗎？

這兩日剛得了鎮北王飛書厲斥的袁授在帳中靜思己過，聽了她的疑問，目光不離手中書卷，毫不在意的說：「孫將軍破敵之時林婉連聲呼救，被叛軍亂箭射死了。」

第一百三十八章

【回京】

顧晚晴嚇了一跳。

自第一次見面開始，林婉就對她充滿敵意又數次挑釁，可林婉並沒在她這討到什麼好處，顧晚晴雖然討厭她，但乍一聽她死了還是十分心悸。再看袁授，仍是保持著原來的姿勢在看書，眉毛都沒動一下，冷靜得很，心裡不由得有些彆扭。

可她轉念一想，袁授在軍中這幾年，生死見得多了，自然不會像她這麼大驚小怪，便釋然。她皺著眉頭到爐邊取暖，「怪不得劉思玉的臉色那麼差。那怎麼辦？林婉也是七王府的親戚，她是跟你出來的，會不會……」

袁授擺擺手，放下手裡的書卷倚到她身邊來，「她是跟劉思玉有親戚關係，但和七王府沒什麼關係。叛軍狡詐，能救出劉思玉已屬不易了。這次妳是以護送她回京的名義跟著回去，回京後多去看她幾次，以顯示妳這天醫的價值。」

「我知道了。」顧晚晴靠到袁授的肩上，想到分別在即，心裡十分的捨不得，頭頂貼在他的臉頰上轉了幾下，越發的膩人了。

袁授輕笑，他喜歡她這樣撒嬌。

「現在後悔還來得及。」

顧晚晴知道他指的是回京這事，搖了搖頭認真的說：「我真的很想幫你，就算幫不了大忙，一點點忙也是好的。」

她本是極為高調嬌豔的顏色，可這幾年沉著穩重了許多，也沒有以前那麼愛笑了，讓袁授甚為遺憾。嘆了一聲，袁授勾了她的腿彎將她抱起，坐回剛剛看書的位置，把臉埋進她泛著暖香的胸口。

「真是煩啊，看得吃不得……」

顧晚晴臉上一紅，她今早發現來了月事，讓袁授好大一陣懊惱。

「難道你和我在一起只想著那事？」顧晚晴板了臉，「那我提前走好了，免得讓你心煩。」她說著作勢要掙脫他的懷抱，卻是一點也沒掙動，被他牢牢的錮在懷中。

袁授盯著她吹彈可破羞得透紅的臉蛋，響亮的啄上一記，又笑起來，別有深意。「嗯……這倒是個問題，妳走了，我是能忍得住，妳怎麼辦？」

顧晚晴狠捏了他的臉頰一下，自己也是面如火燒。從他們在一起到現在，短短的時日，她已漸漸習慣了他的索求，越習慣，越離不開。

摸摸自己的胸口，顧晚晴從衣領中扯出一條紅繩，末端繫著的正是當年袁授送她的那塊玉珮，玉珮的一面歪歪扭扭的刻著一個「晴」字，是他刻上的。

「我一直也想找件什麼東西來送你，可一直也沒什麼好主意。」她說著，把玉珮摘下遞給他。

袁授看起來哭笑不得似的，「想不到送我什麼就完璧歸趙？」

顧晚晴偏偏頭，把玉珮反轉了送到他的面前。

玉珮的另一面本是光潔的，現下刻上了一個圖案，十分簡單，簡陋的屋子，裡面裝著兩個只用線條代表的小人。

袁授看了那圖案好久，一直沒有說話，顧晚晴的心情也跟著緊張起來，難道……他已經忘了嗎？

「所以我說……」袁授突然擁住她，在她頭頂印下一吻。「我們是姻緣天定，早在相識之初，便約定好這一輩子的事了。」

顧晚晴抿唇而笑。當初她到山間找他，要帶他回家，便畫了這樣一幅畫，讓他明白她的意圖。

或許他說得對，一切早已註定。

情濃日短，餘下兩日匆匆而過，轉眼已是分別之時。

此次回京路途遙遠，又有之前劉思玉被劫一事，袁授是萬萬的不放心，便派了沈良同行護送，所有護軍挑的都是最為精忠之人，確認無誤後，才沉著臉放行。等顧晚晴的車駕走了沒多遠，他又打馬追了上來，護著車隊走了十餘里路，最後在顧晚晴腕上擼下一串碧璽手鍊權作安慰，這才住了馬，目送車隊行出視野。

顧晚晴在車中也同樣依依不捨，撫著貼在胸口的玉珮，直到看不見人影了，這才縮回身子打了個大大的噴嚏，驚醒了一直陷於恍惚之中的劉思玉。

「勞煩夫人千里相送了。」劉思玉大概是真的受驚過度，眼下兩道深深的黑印，使得她看起來有些憔悴，說話時也絲毫沒有精神。

顧晚晴自然是不能對她說自己本來就是打算回去的，當下淺淺一笑，想著她眼看著林婉死在眼前，對她也是寄予了無限同情。「妳的身體我看過了，沒有問題，只是精神不好。心病還須心藥醫，逝者已矣，莫要太傷神了。」

劉思玉緩緩搖了搖頭，苦苦一笑，「其實我並不是全為了婉兒，婉兒向來嬌蠻，這些年她一直利用我結交權貴，又常引著我替她出頭，這些我都是知道的，只是親戚一場，不願與她計較，但我對她，也並沒有那麼深的感情。」

劉思玉早就與她說過心底之言，如今說出這些話，顧晚晴也並不太驚訝，畢竟林婉的個性擺在那，很難讓人喜歡。

「既然如此，妳又何必傷神至此？」

劉思玉長長的嘆了一聲，「我只是由她思己，她原是覺得嫁給我哥哥不錯，便對我哥哥用了許多心思，可她的身分擺在那，我哥哥根本不可能娶她為正妻，所以她又想隨我一同嫁入鎮北王府，她將我母親打點得極好，七姑奶奶那邊她也是極為上心的，眼看著事情將成，往後她未必不能得個側妃的位分，她一家子也能跟她有個好出路了。」

她的聲音淡淡的，飽含了許多無奈，顧晚晴聽到這裡，也多少猜到了她的心思，跟著輕嘆一聲，並不多言。

「世事無常啊……」劉思玉的目光緩緩的移到顧晚晴臉上，細細的看著她明美的容顏，眼含羨慕，「我看世子對妳，頗為體貼。」

顧晚晴垂眼笑笑，並不張揚，「還可以，再怎麼說，都是夫妻一場……」

劉思玉搖搖頭，「妳不必怕我難過，我的心思此生是達不成了，但不代表我看不得別人好。世子向來以冷厲著稱，對女子從不入眼，較之鎮北王有過之而無不及，人人都以為嫁給他便是過去守活寡，我的一些姐妹也多以此事感嘆，可原來我們都錯了。」

顧晚晴聽著直冒冷汗，她說的這人是那個有事沒事就撒痴犯賴肉麻話一筐一筐的袁授嗎？絕對不是啊！看來他的演技相當過關啊！

見顧晚晴不說話，劉思玉笑了笑，「妳不必擔心，我現在不過是擔著未來世子妃的名頭，究竟如何，還不知道呢。」

顧晚晴自是不會為這事擔心，不過卻很好奇，「妳說得這麼不肯定，難道還能不嫁給他嗎？」

「有何……不可？」劉思玉端莊的面容上忽現一絲調皮笑意。「若我說我想去找他……」

這個他，顧晚晴自然知道是誰，卻沒想到劉思玉會這麼大膽，她當真拋得下一家子的榮華富貴嗎？

顧晚晴雖不願意劉思玉真的嫁給袁授，可對於這種私奔的事，她卻是不好多給意見，而因為之前的事，她對傅時秋也不是沒有埋怨，當下斂了笑容，不再說話。

劉思玉將她的神情盡收眼中，話鋒一轉，「我也只能說說。我一早就明白了，我和他是絕無可能的。」

她這麼一說，顧晚晴倒明白起來了，劉思玉剛剛分明是在試探她，以不嫁袁授為條件來爭取她的幫助嗎？還是在試探她對傅時秋是否仍念念不忘？其實劉思玉不知道，這樣的條件，她並不屑交換，她相信袁授說到必然做到。

話說至此，兩人都沉默下來。一時間車廂內只聞馬車行進之聲，再無其他。

再說袁授，他目送車隊消失後才撥馬而回，那手鍊被他揣在心口，捂得滾燙。

少了顧晚晴，袁授沒心思再露笑容，肅著一張臉打馬還營，行經之處，將士莫不感慨，世子終於恢復正常了啊……

在他和顧晚晴的營帳前轉了一圈，袁授打消了搬離此處的念頭，翻身下馬，將思晴的轡繩扔給就近的親兵，轉身入帳。

帳中炭火已熄，森森寒意透盡了整個營帳。一個穿著普通兵服的男子於角落處低頭束手而立，頭盔遮住了他大半的容貌，他就站在那，一動不動的，似乎沒有感覺到一點寒冷。

「流火見過世子。」

聲音低沉，讓人感覺很是穩重。

袁授對他的出現絲毫沒有意外之色，甚至都沒多看他一眼，逕自走到炭爐旁拿起銅箸翻動餘炭，待翻起火星後，又加了幾塊銀炭進去。

「辦砸了差事，還敢來見我。」他拍了拍手上的浮灰，看著那炭漸漸泛紅，卻沒有一點炭煙。果真是上好的炭，想當初從京中出發的時候，他就擔心她用不慣軍中常用的灰炭，燒起來煙太大，就算她勉強用得，他也怕燻著她，便讓人拉了幾車的銀炭一路跟過來，沒想到炭才用了一半，人就回去了。

「屬下無能。」流火單膝著地跪在那，身子穩得像塊石雕。

「你一句無能，倒白費了我一番心意，人射成那個樣子，怎麼給她看？想讓她出口氣，都不行。」袁授扔了手中的銅箸，聲音略顯寒涼。

第一百三十九章

【迎】

流火的頭更低了些。「可要派人保護夫人？」

袁授撐著膝蓋站起身子，一雙長腿筆直有力。他想也不想的道：「讓流影去。」

流火的身子略略一僵，「流影的傷勢還未痊癒。」

「廢物。」同是那兩片唇，此時吐出的言語卻不帶丁點溫度。「讓她不要忘了自己的用處。」

流火心中輕嘆一聲，低聲應是，等著袁授再次發話。

袁授卻半晌未動，盯著炭爐中忽明忽暗的火光，想到每天夜裡顧晚晴都會偷偷起來添炭怕他凍著，還自以為隱秘，像作賊一樣來來回回，也不想想他的警惕性若是真那麼差，早不知死了幾百回了。想到這些，袁授忽然一笑，自胸口摸出那碧璽手鍊在手中轉了半天，問道：「夫人的車隊今日會停至何處？」

流火立時說了個地方，袁授默默想著，離這倒是不遠，他們人多車多，走得慢些原也應當。

「世子若要過去，現在便得動身了。」

聽著流火的話，袁授有些意動，可轉眼又笑，大步走到書桌之後，「不用了，越看越捨不得。」

流火聽著他含笑的聲音迅速抬眼看了看，一看卻是恍得他極為錯愕。他們這些人，自小便被暗中訓練效忠世子，對情緒的隱藏向來是極好的，來到世子身邊後也明白世子是個怎樣的性子，何時見他這麼笑過？明明只是微翹脣角，可那笑容卻直泛眼邊，帶了些溫軟的意味，若是流影見到，恐怕那些不應有的心思更無法自拔了。

「袁攝那邊近來有什麼動靜？」前段時間因顧晚晴在的關係，袁授並不常與影衛接觸，也是他過於貪戀溫暖，有些倦怠了。

流火連忙又低下頭去，回道：「因為王爺要入京，帶走了邊關近半兵力，所以北越最近蠢蠢欲動，二公子向王爺請兵平亂，王爺拒絕了。」

「哦？」袁授頗為意外。「為什麼？」

劉側妃的父親、袁攝的外公劉至與孫將軍一樣，同為鎮北王的左膀右臂，雖然年紀已大，但此番留守邊關，看得出袁北望對他仍倚重有加。袁攝正因有外公一脈的勢力支持，在軍中才威望大漲，此次更是一次極好的立功機會，袁北望怎的就拒絕了？

「王爺說宣城破城在即，希望二公子能在朝一同迎聖駕回京。」

袁授哼笑：「說得還是這麼好聽。」迎聖駕回京？那還派他來做什麼！

「看來無須我們出手，他們之間已生嫌隙。」袁授道。

袁北望也不願一直受哈氏的財政制約，所以向來屬意聽話的袁攝，此次派自己來破宣城，表面看是寄以厚望，但實則一切順利還好，一旦生變，所有的罪責便都是他在承擔，更別提改朝換代之事本就極易招詬，到時候聖駕到底是死於叛臣死之手還是死在他袁授的手上，這是說不清的，也是最易被指認的事情。

「宮內行藥和秘圖失竊之事已引得王爺對二公子有些猜忌，王爺初至京城，自然希望身邊的人都穩妥一些。」流火實話實說。

鎮北王對袁攝雖然看好，但也容不得一個在背後射冷箭的兒子，現在宣城未破，袁攝又要請兵外出，鎮北王心有疑慮也是正常的。畢竟一個是外祖、一個是外孫，他們聯手是再自然不過的事，要是袁攝一去不歸，那麼他在邊關，便是另一個鎮北王。

「宣城那邊呢？」

「聶伯光狡兔三窟，連他的隨身親衛都不知他將聖上藏身何處，不過他的公子聶清遠久未露面，屬下猜想，應是與聖駕在一起。」

袁授掃了流火一眼，「我要的可不是你的『猜想』。」

流火馬上道：「屬下知罪，屬下定儘快查明聖駕所在。」

袁授不再說話，指尖看似隨意的敲著桌面，叩叩的聲音在寂靜中顯得分外壓人心魄。流火輕摒著呼吸，生怕一不小心漏了什麼聲音，他這主子年紀雖小，可行起事來，卻比那鎮北王更要冷厲三分。
「傅時秋……回去了嗎？」
流火謹聲回道：「他並未露面，不過流金心細，在出城秘道處見過一隊人暗中行動，經確認是他無疑。」
「查查他回京的目的是什麼。查查……」袁授敲在桌上的指尖頓了頓，雙脣輕動，看似想要說什麼，可目光轉至桌上的碧璽手鍊，又沒有再說下去，指尖再次有一下沒一下的敲擊著硬木桌面，「從宮裡查，長公主還在宮中，他回去，少不得會去見她。」
長公主真陽公主自太后去世後便深居簡出，一介女流，聶伯光並未脅她南下，待鎮北王入京後她便從公主府出來住到宮中，沒人知道她和鎮北王是如何商談的，只知道她現在於宮中一切循長公主例，絲毫不受冷待。
流火應了聲，正考慮著是不是再為流影說說情的時候，袁授又道：「流影入京前讓她過來見我，我有事情交代。」
流火心中一黯，能見世子，流影就是拚死，也會來的了。

再說顧晚晴那裡，自那日聊天無疾而終後，她和劉思玉就再沒什麼話說。

這倒正合了顧晚晴的心思，她不願意和劉思玉總聊些傅時秋或者袁授的事，她總覺得林婉的死給劉思玉的心裡蒙上了一層陰影，同時又有什麼禁錮已久的東西蠢動欲出。只是劉思玉受困了太多年，不知如何表達、反抗，總想抓到一個盟友，暫時看來，就是她了。

但這件事關係重大，雖然她很同情劉思玉，也希望傅時秋能有一個好的歸宿，但幫人也要量力而行，如果能力有限，不如早早表明，何必給她一個虛假的希望，到時再無能為力的讓她深深失望？

故而劉思玉不說什麼，顧晚晴也不會主動去提，全副心思都放在回京之後所要面對的事情上。如果說原來她對鎮北王只是厭惡，那麼現在，她已是全心痛恨！他不該那樣對待袁授，控制、下藥……那是他的兒子，可他沒有半分身為人父的自覺，那麼就別怪她這個做兒媳婦的，要死命護著自己的丈夫了！

《天字醫號05》完

敬請期待更精彩的《天字醫號06》

【第五帖】

相夫
溫柔 三分
蜜意 半兩
眼淚 五毫
香吻爲引
輔以悍姿

04
凌舞水袖 × lemonlait
創世紀
Love story
其實是一把辛酸淚
創世時報 第04號
修羅族長與亡靈之王不得不說的——
LOVE STORY!?
隱藏地圖從而開放！特殊種族傾巢而出！
為解任務——蜜桃「調戲」不手軟。
生死由桃、富貴在天。蜜桃多多，您墮落和絕望的選擇！
另揭露!!
失落一族的大秘密！
燃燒尾狐不願回首的過往!!!
不思議工作室_
立即搜尋
典藏閣
采舍國際
www.silkbook.com
版權所有© Copyright 2013
華文聯合出版平台 www.book4u.com.tw

輕小說小天后林佩
特色系新銳繪師牛魚
ANTENNA
聯手打造全新鉅作!!
咒事顧問
腹黑抓鬼顧問 VS 熱血單蠢刑警
當正直一直線的警犬遇上堪比修羅還可怕的妖孽道長
且看最恐怖(?)、最驚天地泣鬼神的抓鬼實錄!
全套七集全國各大書店、租書店、網路書店持續熱賣中。
不思議工作室
立即搜尋
典藏閣
采舍國際
www.silkbook.com
版權所有© Copyright 2013
華文聯合出版平台 www.book4u.com.t

人氣越來越高漲
大感謝!!!
-兩年✳不變的誓約-
星神魔女
NOVEL 魔女星火
ILLUST 多玖賞
05
前生的遺憾　今世的再逢
流轉時光，曠古千年の愛戀。
背負罪孽的惡鬼 與 眼藏辰星的少女
靈魂的共鳴，讓兩人 相遇 ，
又讓他們再度 靠近 ……
也許，命運早在一開始就計算好了？
華文聯合出版平台 www.book4u.com.tw
不思議工作室_
立即搜尋
典藏閣
采舍國際
版權所有© Copyright 2013

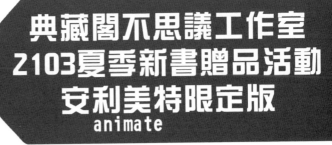

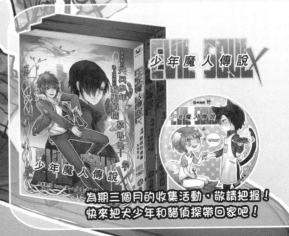

飛小說系列055

天字醫號05

紅燭嫁衣許芳心

出版者■典藏閣
作　者■圓不破　繪　者■Welkin
總編輯■歐綾纖
製作團隊■不思議工作室
郵撥帳號■50017206 采舍國際有限公司（郵撥購買，請另付一成郵資）
台灣出版中心■新北市中和區中山路2段366巷10號10樓
電　話■(02) 2248-7896　傳　真■(02) 2248-7758
物流中心■新北市中和區中山路2段366巷10號3樓
電　話■(02) 8245-8786　傳　真■(02) 8245-8718
ISBN■978-986-271-351-8
出版日期■2013年5月

全球華文國際市場總代理／采舍國際
地　址■新北市中和區中山路2段366巷10號3樓
電　話■(02) 8245-8786　傳　真■(02) 8245-8718

新絲路網路書店
地　址■新北市中和區中山路2段366巷10號10樓
網　址■www.silkbook.com
電　話■(02) 8245-9896
傳　真■(02) 8245-8819

☞您在什麼地方購買本書？☜

1. 便利商店（＿＿＿＿市／縣）：☐7-11　☐全家　☐萊爾富　☐其他＿＿＿＿

2. 網路書店：☐新絲路　☐博客來　☐金石堂　☐其他＿＿＿＿

3. 書店（＿＿＿＿市／縣）：☐金石堂　☐誠品　☐安利美特animate　☐其他＿＿＿＿

姓名：＿＿＿＿　地址：＿＿＿＿＿＿＿＿

聯絡電話：＿＿＿＿　電子郵箱：＿＿＿＿＿＿＿＿

您的性別：☐男　☐女　　您的生日：西元＿＿＿＿年＿＿＿＿月＿＿＿＿日

（請務必填妥基本資料，以利贈品寄送）

您的職業：☐上班族　☐學生　☐服務業　☐軍警公教　☐資訊業　☐娛樂相關產業
☐自由業　☐其他＿＿＿＿

您的學歷：☐高中（含高中以下）　☐專科、大學　☐研究所以上

☞購買前☜

您從何處得知本書：☐逛書店　☐網路廣告（網站：＿＿＿＿）　☐親友介紹
（可複選）　☐出版書訊　☐銷售人員推薦　☐其他＿＿＿＿

本書吸引您的原因：☐書名很好　☐封面精美　☐書腰文字　☐封底文字　☐欣賞作家
（可複選）　☐喜歡畫家　☐價格合理　☐題材有趣　☐廣告印象深刻
☐其他＿＿＿＿

☞購買後☜

您滿意的部份：☐書名　☐封面　☐故事內容　☐版面編排　☐價格　☐贈品
（可複選）　☐其他

不滿意的部份：☐書名　☐封面　☐故事內容　☐版面編排　☐價格　☐贈品
（可複選）　☐其他

您對本書以及典藏閣的建議＿＿＿＿＿＿＿＿

＿＿＿＿＿＿＿＿

＿＿＿＿＿＿＿＿

✌未來您是否願意收到相關書訊？☐是　☐否

✎感謝您寶貴的意見✎

印刷品

請貼
3.5元
郵票

235 新北市中和區中山路二段366巷10號10樓

華文網出版集團　收

（典藏閣－不思議工作室）